U0926290

沈从文 著

除了爱你，我没有别的愿望

彩插精装版

江苏人民出版社

图书在版编目（CIP）数据

除了爱你，我没有别的愿望：彩插精装版 / 沈从文著. — 南京：江苏人民出版社，2018.12（2023.11 重印）

ISBN 978-7-214-22605-1

Ⅰ. ①除… Ⅱ. ①沈… Ⅲ. ①书信集 — 中国 — 现代②小说集 — 中国 — 现代 Ⅳ. ① I216.2

中国版本图书馆 CIP 数据核字 (2018) 第 220698 号

书　　名　除了爱你，我没有别的愿望（彩插精装版）
著　　者　沈从文
责任编辑　卞清波
出版发行　江苏人民出版社
地　　址　南京市湖南路 1 号 A 楼，邮编：210009
印　　刷　天津丰富彩艺印刷有限公司
开　　本　880 mm × 1 230 mm　1/32
印　　张　9.5
插　　页　4
字　　数　116 000
版　　次　2018 年 12 月第 1 版
印　　次　2023 年 11 月第 2 次印刷
标准书号　ISBN 978-7-214-22605-1
定　　价　49.80 元
（江苏人民出版社图书凡印装错误可向承印厂调换）

我不想就睡，因为梦无凭据，
与其等候梦中见你，还不如光着眼睛想你较好！

回去本不必从溪口过身，
四爷却出主张，要五爷同他绕点儿路，到桥头去看看。
在桥头杂货铺买了些吃食东西，和那生意人闲谈了好一阵。
也好好地看了金凤几眼，才转回围子。

她欢喜散步，

海滨潮落后，露出一块赭色沙滩，齐平如茵褥，比茵褥复更柔和。

脚所践履处，皆起微凹，分明地印出脚掌或脚跟美丽痕迹。

这沙滩常常便印上了一行她的脚迹。

目录

c o n t e n t s

c o n t e n t s

c o n t e n t s

c o n t e n t s

湘行书简

xiang xing shu jian

引子

张兆和致沈从文之一

二哥：

乍醒时，天才蒙蒙亮，猛然想着你，猛然想着你，心便跳跃不止。我什么都能放心，就只不放心路上不平靖，就只担心这个。因为你说的，那条道不容易走。我变得有些老太婆的迂气了，自打你决定回湘后，就总是不安，这不安在你走后似更甚。不会的，张大姐说，沈先生人好心好，一路有菩萨保佑，一定是风调雨顺一路平安到家的。不得已，也只得拿这些话来自宽自慰。虽是这么说，你一天不回来，我一天就不放心。一个月不回来，一个月中每朝醒来时，总免不了要心跳。还怪人担心吗？想想看，多远的路程多久的隔离啊。

你一定早到家了。希望在你见到此信时，这里也早已得到你报告平安的电信。妈妈见了你，心里一快乐，病一定也就好了。不知道你是不是照到我们在家里说好的，为我们向妈妈同大哥特别问好。

昨天回来时，在车子上，四妹老拿膀子拐我。她惹我，说我会哭的，同九妹拿我开玩笑。我因为心里难受，一直没有理她们。今天我起得很早。精神也好，因为想着是替你做事，我要好好地做。我在给你写信，四妹伸头缩脑的，九妹问我要不要吃窠鸡子。我笑死了。

路上是不是很苦？这条路我从未走过，想象不到是什么情形，总是辛苦就是了。

我希望下午能得到你信。

兆和

一月八日晨

张兆和致沈从文之二

从文二哥：

只在于一句话的差别，情形就全不同了。三四个月来，我从不这个时候起来，从不不梳头、不洗脸，就拿起笔来写信的。只是一个人躺到床上，想到那为火车载着愈走愈远的一个，在暗淡的灯光下，红色毛毯中露出一个白白的脸。为了那张仿佛很近实在又极远的白脸，一时无法把捉得到，心里空虚得很！因此，每一丝声息，每一个墙外夜行人的步履声音，敲打在心上都发生了绝大的反响，又沉闷，又空洞。因此，我就起来了。我计算着，今晚到汉口，明天到长沙，自明天起，我应该加倍担着心，一直到得到你平安到家的信息为止。听你们说起这条道路之难行，不下于难于上青天的蜀道，有时想起来，又悔不应敦促你上路了。倘若当真路途中遇到什么困难，吃多少苦，受好些罪，那罪过，二哥，全数由我来承担吧。但只想想，你一到家，一家人为你兴奋着，暮年的病母能为你开怀一笑，古老城池的沉静空气也一定为你活泼起来，这么样，即或往返受二十六个日子的辛苦，也仍然是值得的。再说，再说这边的两只眼睛、一颗心，在如何一种焦急与期待中把白日同黑夜送走，忽然有一天，有那么一天，一个瘦小的身子挨进门来，那种欢喜，唉，那种欢喜，你叫我怎么说呢？总之，一切都是废话，让两边的人耐心地等待着，让时间把那个值得庆祝的日子带来吧。

现在，现在要轮到你来告诉我一些到家后的情形了。家里是怎么样欢迎你来着？老人家的精神是不是还好？你那大哥，是不是正如你所说的，卷起两只袖口，拿一把油油的锅铲忙出忙进？大哥大嫂三哥三嫂你记着替我同九妹致意没有？尤其是大嫂，代替大家服侍了妈十几年，对她你应该致最大的尊敬。嫂嫂们，你记着，别太累她们。你到家见妈时，记着把那件脏得同抹布样子的袍子换下来，穿一件干净的么？你应当时时注意妈妈房里空气的流通，谈话时，探听点老人家想吃点外面的什么东西，将来好寄。真的，有好些事我都忘了叮嘱你，直至走后才一件一件想起来，已来不及了……还有，到家后少出门，即或出门也以少发议论为妙。苗乡你是不暇去的了。听说你那个城子，要不了一会儿能可以走遍，你是不是也看过一道？一切与十五年前有什么不同？

三三

九日侵晨

张兆和致沈从文之三

亲爱的二哥：

你走了两天，便像过了许多日子似的。天气不好。你走后，大风也刮起来了，像是欺负人，发了狂似的到处粗暴地吼。这时候，夜间十点钟，听着树枝干间的怪声，想到你也许正下车，也许正过江，也许正紧随着一个挑行李的脚夫，默默地走那必须走的三里路。长沙的风是不是也会这么不怜悯地吼，把我二哥的身子吹成一块冰？为这风，我很发愁，就因为自己这时坐在温暖的屋子里，有了风，还把心吹得冰冷。我不知道二哥是怎么支持的。我告诉你我很发愁，那一点也不假，白日里，因为念着你，我用心用意地看了一堆稿子。到晚来，刮了这鬼风，就什么也做不下去了。有时想着十天以后，十天以后你到了家，想象着一家人的欢乐，也像沾了一些温暖，但那已是十天以后的事了，目前的十个日子真难捱！这样想来，不预先打电回家，倒是顶好的办法了。路那么长，交通那么不便，写一个信也要十天半月才得到，写信时同收信时的情形早不同了。比如说，你接到这信的时候，一定早到家了，也许正同哥哥弟弟在屋檐下晒太阳，也许正陪妈坐在房里，多半是陪着妈。房里有一盆红红的炭火，且照例老人家的炉火边正煨着一罐桂圆红枣，发出温甜的香味。你同妈说着白话，说东说西，有时还伸手摸摸妈衣服是不是穿得太薄。忽然，你三弟走进房来，送给你这个信。接到信，无疑地，你会快乐，但拆开信一看，愁呀冷呀的那么一大套，不是全然同你们的调子不谐和了吗？我很想写："二哥，我快乐极了，同九丫头跳呀蹦呀的闹了半天，因为算着你今天准可到家，晚上我们各人吃了三碗饭。"使你们更快乐。但那个信留到十天以后再写吧，你接到此信时，只想到我们当你看信时也正在为你们高兴，就行了。

希望一家人快乐康健！

三三

九日晚

沈从文致张兆和

在桃源

三三：

我已到了桃源，车子很舒服。曾姓朋友送我到了地，我们便一同住在一个卖酒曲子的人家，且到河边去看船，见到一些船，选定了一只新的，言定十五块钱，晚上就要上船的。我现在还留在卖酒曲人家，看朋友同人说野话。我明天就可上行。我很放心，因为路上并无什么事情。很感谢那个朋友，一切得他照料，使这次旅行又方便又有趣。

我有点点不快乐处，便是路上恐怕太久了点。听船上人说至少得四天方可到辰州[①]，也许还得九天方到家，这分日子未免使我发愁。我恐怕因此住在家中就少了些日子。但我又无办法把日子弄快一点。

我路上不带书，可是有一套彩色蜡笔，故可以作不少好画。照片预备留在家乡给熟人照相，给苗老咪照相，不能在路上糟蹋，故路上不照相。

---

①辰州即沅陵。

三三，乖一点，放心，我一切好！我一个人在船上，看什么总想到你。

我到这里还碰到一个老同学，这老同学还是我廿年前在一处读书的。

二哥

十二日下午五时

在路上我看到个帖子很有趣：

立招字人钟汉福，家住白洋河文昌阁大松树下右边，今因走失贤媳一枚，年十三岁，名曰金翠，短脸大口，一齿凸出，去向不明。若有人寻找弄回者，赏光洋二元，大树为证，决不吃言。谨白。

三三：我一个字不改写下来给你瞧瞧，这人若多读些书，一定是个大作家。

小船上的信

船在慢慢的上滩，我背船坐在被盖里，用自来水笔来给你写封长信。这样坐下写信并不吃力，你放心。这时已经三点钟，还可以走两个钟头。应停泊在什么地方，照俗谚说，“行船莫算，打架莫看”，我不过问。大约可再走廿里，应歇下时，船就泊到小村边去，可保平安无事。船泊定后我必可上岸去画张画。你不知见到了我常德长堤那张画不？那张窄的长的。这里小河两岸全是如此美丽动人，我画得出它的轮廓，但声音、颜色、光，可永远无本领画出了。你实在应来这小河里看看，你看过一次，所得的也许比我还多，就因为你梦里也不会想到的光景，一到这船上，便无不朗然入目了。这种时节两边岸上还是绿树青山，水则透明如无物，小船用两个人拉着，便在这种清水里向上滑行，水底全是各色各样的石子。舵手抿起个嘴唇微笑，我问他：“姓什么？”“姓刘。”“在这条河里划了几年船？”“我今年五十三，十六岁就划船。”来，三三，请你为我算算这个数目。这人厉害得很，四百里的河道，涨水干涸河道的变迁，他无不明明白白。

他知道这河里有多少滩、多少潭。看那样子，若许我来形容形容，他还可以说知道这河中有多少石头！是的，凡是较大的，知名的石头，他无一不知！水手一共是三个，除了舵手在后面管舵管篷管纤索的伸缩，前面舱板有两个人。其中一个是小孩子，一个是大人。两个人的职务是船在滩上时，就撑急水篙，左边右边下篙，把钢钻打得水中石头作出好听的声音。到长潭时则荡桨，躬起个腰推扳长桨，把水弄得哗哗的，声音也很幽静温柔。到急水滩时，则两人背了纤索，把船拉去，水急了些，吃力时就伏在石滩上，手足并用的爬行上去。船是只新船，油得黄黄的，干净得可以作为教堂的神龛。我卧的地方较低一些，可听得出水在船底流过的细碎声音。前舱用板隔断，故我可以不被风吹。我坐的是后面，凡为船后的天、地、水，我全可以看到。我就这样一面看水一面想你。我快乐，就想应当同你快乐，我闷，就想要你在我必可以不闷。我同船老板吃饭，我盼望你也在一角吃饭。我至少还得在船上过七个日子，还不把下行的计算在内。你说，这七个日子我怎么办？天气又不很好，并无太阳，天是灰灰的，一切较远的边岸小山同树木，皆裹在一层轻雾里，我又不能照相，也不宜画画。看看船走动时的情形，我还可以在上面写文章，感谢天，我的文章既然提到的是水上的事，在船上实在太方便了。倘若写文章得选择一个地方，我如今所在的地方是太好了一点的。不过我离得你那么远，文章如何写得下去。“我不能写文章，就写信。”我这么打算，我一定做到。我每天可以写四张，若写完四张事情还不说完，我再写。这只手既然离开了你，也只有那么来折磨它了。

我来再说点船上事情吧。船现在正在上滩，有白浪在船旁奔驰，我不怕，船上除了寂寞，别的是无可怕的。我只怕寂寞。但这也正可训练一下我自己。我知道对我这人不宜太好，到你身边，我有时真会使你皱眉。我疏忽了你，使我疏忽的原因便只是你待我太好，纵容了我。但你一生气，我即刻就不同了。现在则用一件人事把两人分开，用别离来训练我，我明白你如何在支配我管领我！为了只想同你说话，我便钻进被盖中去，闭着眼睛。你瞧，这小船多好！你听，水声多幽雅！你听，船那么轧轧响着，它在说话！它说："两个人尽管说笑，不必担心那掌舵人。他的职务在看水，他忙着。"船真轧轧的响着。可是我如今同谁去说？我不高兴！

梦里来赶我吧，我的船是黄的，船主名字叫作"童松柏"，桃源县人。尽管从梦里赶来，沿了我所画的小堤一直向西走，沿河的船虽万万千千，我的船你自然会认识的。这里地方狗并不咬人，不必在梦里为狗吓醒！

你们为我预备的铺盖，下面太薄了点，上面太硬了点，故我很不暖和，在旅馆已嫌不够，到了船上可更糟了。盖的那床被大而不暖，不知为什么独选着它陪我旅行。我在常德买了一斤腊肝、半斤腊肉，在船上吃饭很合适……莫说吃的吧，因为摇船歌又在我耳边响着了，多美丽的声音！

我们的船在煮饭了，烟味儿不讨人嫌。我们吃的饭是粗米饭，很香很好吃。可惜我们忘了带点豆腐乳，忘了带点北京酱菜。想不到的是路上那么方便，早知道那么方便，我们还可带许多北京宝贝来上面，当“真宝贝”去送人！

你这时节应当在桌边做事的。

山水美得很，我想你一同来坐在舱里，从窗口望那点紫色的小山。我想让一个木筏使你惊讶，因为那木筏上面还种菜！我想要你来使我的手暖和一些……

十三日下午五时

泊曾家河
——三三专利读物

我的小船已泊到曾家河。在几百只大船中间这只船真是个小物件。我已吃过了夜饭，吃的是辣子、大蒜、豆腐干。我把好菜同水手交换素菜，交换后真是两得其利。我饭吃得很好。吃过了饭，我把前舱缝缝罅用纸张布片塞好，再把后舱用被单张开，当成幔子一挂，且用小刀将各个通风处皆用布片去扎好，结果我便有了间“单独卧房”了。

你只瞧我这信上的字写得如何整齐，就可知船上做事如何方便了。我这时倚在枕头旁告你一切，一面写字，一面听到小表嘀嘀嗒嗒，且听到隔船有人说话，岸上则有狗叫着。我心中很快乐，因为我

我这时倚在枕头旁告你一切，一面写字，一面听到小表嘀嘀嗒嗒，且听到隔船有人说话，岸上则有狗叫着。我心中很快乐，因为我能够安静同你来说话！

能够安静同你来说话！

说到“快乐”时我又有点不足了，因为一切纵妙不可言，缺少个你，还不成的！我要你，要你同我两人来到这小船上，才有意思！

我感觉得到，我的船是在轻轻的、轻轻的在摇动。这正同摇篮一样，把人摇得安眠，梦也十分和平。我不想就睡。我应当痴痴地坐在这小船舱中，且温习你给我的一切好处。三三，这时节还只七点三十分，说不定你们还刚吃饭！

我除了夸奖这条河水以外真似乎无话可说了。你来吧，梦里尽管来吧！我先不是说冷吗？放心，我不冷的。我把那头用布拦好后，已很暖和了。这种房子真是理想的房子，这种空气真是标准空气。可惜得很，你不来同我在一处！

我想睡到来想你，故写完这张纸后就不再写了。我相信你从这纸上也可以听到一种摇橹人歌声的，因为这张纸差不多浸透了好听的歌声！

你不要为我难过，我在路上除了想你以外，别的事皆不难过的。我们既然离开了，我这点难过处实在是应当的、不足怜悯的。

二哥

一月十三下八时

水手们
——三三专利读物

天气真冷。昨晚船歇到曾家河，睡得不好，醒了许多次，全是冷醒的。醒了以后就有许久不能再睡去，常常擦自来火看小表的时间。皮袍子全搭到上面还不济事，我悔当时不肯带褥子来。

睡不着时我就心想：若落点雪多好。照南方规矩，天太冷了必落雪，一落了雪天就暖和了。天亮时船篷沙沙的响，有人说“落了雪”，我忘了天气，只描摹那雪景。到后天已大亮时，看看雪已落了很多。气候既不转好，各个船又不能开动，你想，半路上停顿下来多急人。这样蹲下去两头无着，我是受不了的。我的船既是包定的，我的日子又有限度，不开船可不行！故我为他们称几斤鱼，这几斤鱼把船弄活动了，这时节的船，已离开原泊地方二十多里了。天气还是极冷，船仍然在用篙桨前进，两岸全是白色，河水清明如玉。一切都好得很！我要你！倘若两个人在这小船上，就一切全不怕了。想到南方天气已那么冷，北方还不知冻到什么样子。我恐怕你寂寞得很，又怕你被人麻烦，被事麻烦，我因此事也做不下去。

这船今天能歇到什么地方，我不明白，船上人也不明白。这时已十二点钟，两岸有鸡叫，有狗叫，有人吵骂声音，我算算你们应在桌边吃午饭了。我估计你们也正想到我。我心里很烦乱……

今天太冷，我的画也不能着手了。我只坐在被盖里，把纸本子搁在膝上写信，但一面写字一面就不快乐。我忙着到家，也忙着回转北京，但是天知道，这小船走得却如何慢！天气既那么冷，还得使三个划船人在水里风里把船弄上去，心中又不安。使他们高兴倒容易，晚上各人多吃半斤肉，这船就可以在水面上飞。可是我自己，却应当怎么办？三三，我自己真不知道如何办。做了点文章，又做不下去。校改了自己的书一遍，又觉得书也写得平平常常，不足注意。看看四丫头的相同你的相，就想起为四丫头改的文章，还无完成的希望，不知远处有个候补作家，正在如何怨我。照照镜子，镜中的我可瘦得怕人。当真的，人这样瘦，见了家中人又怎么办？我实在希望我回到家中时较肥一点，但天气那么坏，船那么慢，你隔得我又那么远，我有什么办法可以胖些？这么走路上可能要廿多天！

我心里有点着急。但是莫因我的着急便难过。在船上的一个，是应当受点罪，请把好处留给我回来，把眼泪与一切埋怨皆留到我回来再给我，现在还是好好的做事，好好的过日子吧。

我想我的信一定到得不大有秩序，我还担心有些信你收不到。因为在平汉车上发的六七封信，差不多全是交托车站上巡警发的，那些巡警即或不至于把信失掉，也许一搁在袋子里就是两天，保不定长沙的信到时，河南的信反而不到！

我又听到摇橹人歌声了，好听得很。但越好听也就越觉得船上没有你真无意思……

三三，我今天离开你一个礼拜了。日子在旅行人看来真不快，因为这一礼拜来，我不为车子所苦，不为寒冷所苦，不为饮食马虎所苦，可是想你可太苦了。

路上的鱼很好，大而活鲜鲜的鱼，一毛二分钱一斤，用白水煮熟实在好吃得很。这河里原本出好鱼，最好的是青鱼，鲜得如海味，你不吃过也就想不到那个好处。

船停了，真静。一切声音皆像冷得凝固了，只有船底的水声，轻轻的轻轻的流过去。这声音使人感觉到它，几乎不是耳朵，却只是想象。但当真却有声音。水手在烤火，在默默的烤火。

说到水手，真有话说了。三个水手有两个每说一句话中必有个野话字眼儿在前面或后面，我一天来已跟他们学会三十句野话。他们说野话同使用符号一样，前后皆很讲究。倘若不用，那么所说正文也就模糊不清了。我很稀奇，不明白他们从什么方面学来这种野话。

船又开了，为了开船，这船上舵手同水手谈论天气，我试计算计算，十九句话中就说了十七个坏字眼儿。仿佛一世的怨愤，皆得从这些野话上发泄，方不至于生病似的。说到他们的怨愤，我又想起这些人的生活来了。我这次坐这小船，说定了十五块钱到地。吃白饭则

一千文一天，合一角四分。大约七天方可到地，船上共用三人，除掉舵手给另一岸上船主租钱五元外，其余轮派到水手的，至多不过两块钱。即作为两块钱，则每天仅两毛多一点点。像这样大雪天气，两毛钱就得要人家从天亮拉起一直到天黑，遇应当下水时便即刻下水，你想，多不公平的事！但这样船夫在这条河里至少就有卅万，全是在能够用力时把力气卖给人，到老了就死掉的。他们的希望只是多吃一碗饭，多吃一片肉，拢岸时得了钱，就拿去花到吊脚楼上女人身上去，一回两回，钱完事了，船又应当下行了。天气虽有冷热，这些人生活却永远是一样的。他们也不高兴，为了船搁浅，为了太冷太热，为了租船人太苛刻。他们也常大笑大乐，为了顺风扯篷，为了吃酒吃肉，为了说点粗糙的关于女人的故事。他们也是个人，但与我们都市上的所谓"人"却相离多远！一看到这些人说话，一同到这些人接近，就使我想起一件事情，我想好好的来写他们一次。我相信若我动手来写，一定写得很好。但我总还嫌力量不及，因为本来这些人就太大了。三三，这些船夫你若见到时，一定也会发生兴味的。船夫分许多种，最活泼有趣勇敢耐劳的为麻阳籍水手，大多数皆会唱会闹，做事一股劲儿，带点憨气，且野得很可爱。麻阳人划船成为专业，一条

这声音使人感觉到它，几乎不是耳朵，却只是想象。但当真却有声音。水手在烤火，在默默的烤火。

辰河至少就应当有廿万麻阳船夫。这些人的好处简直不是一个人用口说得尽的，你若来，你只需用眼睛一看就相信我的话了。我过一阵下行，就想搭麻阳船。

三三，你若坐了一次这样小船，文章也一定可以写得好多了。因为船上你就可以学许多，水上你也可以学许多，两岸你还可以学许多！

我回来时当为你照些水手相来，还为你照个住吊脚楼的青年乡下妓女相来（只怕片子太少，到了城中就完事了）。这些人都可爱得很，你一定欢喜他们。

我颈脖也写木了，位置不对，我歇歇，晚上在蜡烛下再告你些。

二哥

十四下午一点

泊兴隆街

船停到一个地方，名“兴隆街”，高山积雪同远村相映照，真是空前的奇观。我想拿了相匣子上去照一个相，却因为毛毛雨落个不停，只好不上岸了。这时还只三点四十分，一时不及断黑，雪不落却落小雨。我冷得很，但手并不木僵。南方的冷与北方不同，南方的冷是湿的，有点讨厌的。穿衣多也无用处。烤火也无用处。

我们的小船因为煮饭吃，弄得满船全是烟子，我担心我的眼睛会为烟子熏坏。如今便是在烟里写这个信的。一面写信，一面依然可以听麻阳人船上的橹歌。船走得太慢，这日子可不好过。上面的人不把日子当数，行船人尤其不明白日子的意义。天气既那么冷，我也不好说话。但多捱一天，在上面住的日子就扣去一天，你说，我多难受。

我还得告你，今天是我的生日！这个生日可过得妙，坐在一只小船上来想念你们，你们若算着日子，也一定想得起今天是我生日！我想同你说话，却办不到，我想同大家笑笑，也办不到。我只有同水手谈话，问长问短，弄得他们哈哈大笑。我还为他们称三斤肉吃。但他们全不知道我如何发急，如何想我的行程。我还想自己照个小相，也无法照。我不知道怎么办就好一点。实在不知道怎么办。

三三，你只看我信写得如何乱，你就会明白我的心如何乱了。我不想写什么，不想说什么。我手冷得很，得你用手来捏才好……这长长的日子，真不好对付！我书又太带少了，画画的纸又不合用，天气又坏，要照相不便照相。我只好躲在舱中，把纸按在膝上，来为你写信。三三，我现在方知道分离可不是年轻人的好玩意儿。当时我们弄错了，其实要来便得全来，要不来就全不来。你只瞧，如今还只是四分之一的别离，已经当不住了，还有廿天，这廿天怎么办！？

十四四点三十分

河街想象

三三，我的心不安定，故想照我预定计划把信写得好些也办不到。若是我们两个人同在这样一只小船上，我一定可以作许多好诗了。

我们的小船已停泊在两只船旁边，上个小石滩就是我最欢喜的吊脚楼河街了。可惜雨还不停，我也就无法上街玩玩了。但这种河街我却能想象得出。有屠户，有油盐店，还有妇人提起烘笼烤手，见生人上街就悄悄说话。街上出钱纸，就是用作烧化的，这种纸既出在这地方，卖纸铺子也一定很多。街上还有个小衙门，插了白旗，署明保卫团第几队，做团总的必定是个穿青羽绫马褂的人。这种河街我见得太多了，它告我许多知识，我大部提到水上的文章，是从河街认识人物的。我爱这种地方、这些人物。他们生活的单纯，使我永远有点忧郁。我同他们那么“熟”——一个中国人对他们发生特别兴味，我以为我可以算第一位！但同时我又与他们那么“陌生”，永远无法同他们过日子。真古怪！我多爱他们，五四以来用他们做对象我还是唯一的一人！

我们的小船已停泊在两只船旁边，上个小石滩就是我最欢喜的吊脚楼河街了。可惜雨还不停，我也就无法上街玩玩了。但这种河街我却能想象得出。

我泊船的上面就恰恰是《柏子》文章上提到的东西，我还可以看到那些大脚妇人从窗口喊船上人。我猜想得出她们如何过日子，我猜得毫不错误。

四点

我吃过晚饭了，豆腐干炒肉、腊肝，吃完事后，又煮两个鸡蛋。我不敢多吃饭，因为饭太硬了些，不能消化。我担心在船上拖瘦，回到家里不好看，但照这样下去却非瘦不可的。我想喝点汤就办不到。想吃点青菜也办不到。想弄点甜东西也办不到。水果中在常德时我买的有梨子同金钱橘，但无用处，这些东西皆不宜于冬天在船上吃……如今既无热水瓶，又无点心，可真只有硬挨了。

又听到极好的歌声了，真美。这次是小孩子带头的，特别娇，特别美。你若听到，一辈子也忘不了的。简直是诗。简直是最悦耳的音乐。二哥蠢人，可惜画不出也写不出。

三三，在这条河上最多的是歌声，麻阳人好像完全是吃歌声长大的。我希望下行时坐的是一条较大的船，在船上可以把这歌学会。

十四日下五点十分

忆麻阳船

天气还早得很，水手就泊了船，水面歌声虽美丽得很，我可不能尽听点歌声就不寂寞！我心中不自在。我想来好好的报告一些消息。从第一页起，你一定还可以收到这种通信四十页。

这时节正是五点廿五分，先前摇橹唱歌的那只大船已泊近了我的船边，只听到许多人骂野话，许多篙子钉在浅水石头上的声音，且有人大嚷大骂。三三，你以为这是“吵架”，是不是？你错了。别担心，他们不过是在那里“说话”罢了。他们说话就永远得用个粗野字眼儿，遇要紧事情时，还得在每句话前后皆用野话相衬，事情方做得顺手。这种字眼儿的运用，父子中间也免不了。你不要以为这就是野人。他们骂野话，可不做野事。人正派得很！船上规矩严，忌讳多。在船上客人夫妇间若撒了野，还得买肉酬神。水手们若想上岸撒野，也得在拢岸后的。他们过得是节欲生活，真可以说是庄严得很！

船中最美的恐怕应得数麻阳船。大麻阳船有“鳅鱼头”同“五舱子”，装油两千篓，摇橹三十人，掌舵的高据后楼，下滩时真可谓堂皇之至！我就坐过这样大船一次，还有床同玻璃窗，各处皆是光溜溜的。十四年后这船还使我神往。其次是小船，就是我如今坐的“桃源划子”。但我不幸得很，遇到几个懒人。我对他们无办法。我看情形到家中必需十天，这数目加上从北平到桃源的四天，一共就是十四天，下行也许可以希望少两天，但因此一来，我至多也只能在家中住四天了。我运气坏，遇到这种小船真说不出口。看到他们早早的停泊，我竟不知怎么办。照规矩他们又可以自由停泊的，他们可以从各样事情上找机会，说出不能开动的理由。我呢，也觉得天气太冷，不忍要他们在水中受折磨。可是旁人少受些折磨，我就多受些折磨，你说我怎么办?

我先以为我是个受得了寂寞的人，现在方明白我们自从在一处后，我就变成一个不能够同你离开的人了……三三，想起你我就忍受不了目前的一切了。我真像从前等你回信、不得回信时神气。我想打东西，骂粗话，让冷风吹冻自己全身。我明白我同你离开越远也反而越相近。但不成，我得同你在一处，这心才能安静，事也才能做好！我试过如何来利用这长长的日子写篇小说，思想很乱，无论如何竟写不出什么来。

一月十四下六时

过柳林岔

十五日上午九点三十分

昨天晚上我又睡不好，不知什么原因，尽得醒。船走得太慢，使人着急。但天气那么冷，也不好意思催人下水拉船。我昨天不是说已经够冷了吗？今天还更糟！

今早开船时还只七点左右，落得是子子雪，撒在舱板上、船篷上如抛豆子，篙桨把手处皆起了凌，可是船还依然得上滩。从今天为始，我这小船就时时刻刻得上滩了，大约有成百个急水滩得上。

现在已十点，我们业已吃过早饭，船又在开动了。算算日子我已离开了你八天。我的信写了一大堆，皆得到辰州付邮。我知道你着急，可是这信还仍然无法寄来。

路上过的日子，照我们动身时打算，总以为可担心处是危险。现在我方明白，路上危险倒没有，却只是寂寞。一个孤单单的人，坐在一个见方六尺的船舱里，一寸木板下就是汤汤的流水，风雪大了随时皆得泊下……我们的船太不凑巧了点，恰好就遇到这种风雪日子。

船又停了，你说急不急人。船正泊到一个泥堤下，一切声音皆没有，只有水在船底流过的声音。远处的雪一片白，天气好冷！船夫不好意思似的一面骂野话，一面跳上岸去拉纤，望到他们那个背影，我有说不出的同情，不好意思催促。

船开后，我坐在外面看了他们拉船半点钟[①]。雪子落得很密。真冷。若落软雪就好了，目前可似乎还不能落那种雪。照这样走去，也许从桃源到浦市这一段路，将超过七天，可能要十天以上。这预算一超过，我回北平的日子也一定得延长了。我的急与你们的盼望，同样是不能把这路程缩短的。路太长了。

你得好好的做事，不要为我着急，不要为我担忧。我算定这信到你身边时，至迟十来天也就可以回到北平了。这信到辰州方能发出，辰州上浦市两天，浦市过家乡还得坐轿子两天，我在家蹲三天四天，下来有十一天可到北平，故总拢来算算，减去这信在路上的日子，这信到你手边十天后，我也一定可以到北平的。应当这么估计。

冷得很，我手也木了，等等再写。

十五日十一点十五分

①即半个钟头，下文同此。

三三，我们的船挂了篷，人不必上岸拉，不必用手摇结冰的篙桨，自动的在水面跑了。走得很快，很稳。水手便在火灶旁说笑话。我听他们说了半点钟。

现在还是用帆，风大了些，船也斜斜的。你若到这里来一定怕得喊叫，因为船在水面全是斜的，船边贴水不到一寸。但放心，这船是不作兴入水的。这小船好处在此，上下行全无危险。分量轻，码子小，吃水浅，因此来去自如。我嫌帆小了些，故只想让他们把被单也加上去。但办不到，因为天气太冷了，做什么皆极其费事的。现在还大落子子雪，同雨一样，比雨讨嫌。船上一切皆起了一层薄薄的冰，哑哑的返着薄光。两个水手在灶边烤火，一个舵手就在后梢管绳子同舵把。风景美得很，若人不忙，还带了些酒来，想充雅人，在这船上一定还可作诗的。但我实在无雅兴。我只想着早到早离开。

我苹果还剩八个，这就是说，我只吃了两个，送了别人两个，其余还好好的保留下来，预备送家中人吃。九九那个大的也还好好的在箱子里。我们忘了带点甜东西了，实在应当带些饼干，方能把这日子一部分用牙齿嚼掉。船上冬天最需要的恐怕便是饼干，水果全不想吃。我很想得点稀饭吃，因为不方便也就不要求水手做了。

十二点

这时船已到了柳林岔，多美丽！地方出金子，冬天也有人在水中淘金子！我生平还是第一次看到这样好看地方的。气派大方而又秀丽，真是个怪地方。千家积雪，高山皆作紫色，疏林绵延三四里，林中皆是人家的白屋顶。我船便在这种景致中，快快的在水面上跑。我为了看山看水，也忘掉了手冷身上冷了。什么唐人宋人画都赶不上。看一年也不会讨厌。船就要上滩了，我等等再写。这信让四丫头先看，因为她看了才会把她的送你看。

二哥

十五下二时半

泊缆子湾

十五日下午七点十分

我的小船已泊定了。地方名“缆子湾”，专卖缆子的地方。两山翠碧，全是竹子。两岸高处皆有吊脚楼人家，美丽到使我发呆。并加上远处叠嶂，烟云包裹，这地方真使我得到不少灵感！我平常最会想象好景致，且会描写好景致，但对于当前的一切，却只能做呆二了。一千种宋元人作桃源图也比不上。

我已把晚饭吃过了，吃了一碗饭、三个鸡子、一碗米汤、一段腊肝。吃得很舒服，因此写信时也从容了些。下午我为四丫头写了个信。我现在点了两支蜡烛为你写信，光抖抖的，好像知道我要写些什么话，有点害羞的神气。我写的是……别说了，我不害羞烛光可害羞！

三三，你看了我很多的信了，应当看得出我每个信的心情。我有时写得很乱，也就是心正很乱。譬如现在呢，我心静静的，信也当静静地写下去。吃饭以前我校过几篇《月下小景》，细细地看，方知道原来我文章写得那么细。这些文章有些方面真是旁人不容易写到的。我真为我自己的能力着了惊。但倘若这认识并非过分的骄傲，我将说这能力并非什么天才，却是耐心。我把它写得比别人认真，因此也就比别人好些的。我轻视天才，却愿意人明白我在写作方面是个如何用功的人。

我还在打量，看如何一来方把我发展完全，不至于把力量糟蹋到其他小事上去。同时还有你，你若用心些，你的成就同我将是一样的。我希望你比我还好，你做得到，一定做得到。我心太杂乱，只有写作能消耗掉。你单纯统一，比我强。

你接到这信时，一定先六七天就接到了我的电报。我的电一定将使你为难。我知道家中并无什么钱。上海那百块钱纵来了，家中这个月就处处要钱用。你一定又得为我借债，一定又得出面借债！想起这些事我很不安。我记起了你给我那两百块钱，钱被九九拿去做学费了，你却两手空空的在青岛同我蹲下去。结婚时又用了你那么多钱。我们两人本来不应当分什么了的。但想起用了那么多钱，三三到冬天来还得穿那件到人家吃茶时不敢脱下的大衣，你想，我怎么好过。三三，我这时还想起许多次得罪你的地方，我眼睛是湿的，模糊了的。我觉得很对不起你。我的人，倘若这时节我在你身边，你会明白我如何爱你！想起你种种好处，我自己便软弱了。我先前不是说过吗？“你生了我的气时，我便特别知道我如何爱你。”现在你并不生我的气，现在你一定也正想着远远的一个人。我眼泪湿湿地想着你一切的过去！

三三，我想起你中公时的一切，我记起我当年的梦，但我料不到的是三三会那么爱我！让我们两个人永远那么要好吧。我回来时，再不会使你生气面壁了。我在船上学得了反省，认清楚了自己种种的错处。只有你，方那么懂我并且原谅我。

我因为冷得很，已把被盖改变了一下，果然暖多了。我已不怎么冷了，睡觉时把衣脱去，一定更暖和了。我们的船傍着一大堆船停泊的，隔船有念书的、唱戏的、说笑话的。我船上水手，则卧在外舱吃鸦片烟，一面吃烟还是一面骂野话。船轻轻地摇摆着，烛光一跳一跳，我猜想你们也正把晚饭吃过为我算着日子。

我一哭了，便心中十分温柔。

我还有五天在这小船上，至少得四天。明天我预备做事了。

我希望到了家中，就可看到我那篇论海派的文章，因为这是你编的……我盼望梦里见你的微笑。

十五下

三三，船旁拢了一只麻阳船，一个人在用我那地方口音说话，我真想喊他一声！

还有更动人的是另一个人正在唱“高腔”，声音韵极了。动人得很！

你以为我舱里乱七八糟是不是？我不许你那么猜。正相反，我的舱中太干净了，一切皆放光，一切并且极有秩序，是小船上规矩！明天若有太阳，我当为这小舱照个相寄给你。照片因天气不好，还不开始用它。只是今天到柳林岔时，景致太美，便不问光线如何在船头照了一张……

我听到隔船那同乡“果囊”“果条伢哉”“果才蠢喃”，我真想问问他是“哪那的”[①]人。三三，乡音还不动人，还有小孩的哭声，这小孩子一定也是“果囊”人的。哭的声音也有地方性，有强烈个性！

---

①片段凤凰话，意思是：那里，那个孩子，这真蠢，哪里的。

今天只写两张

十六日上午九点

现在已九点钟，小船还不开动，大雪遮盖了一切，连接了天地。我刚吃过饭。我有点着急，但也明白空着急毫无益处。晚上又睡不好。同你离开后就简直不能得到一个夜晚的安睡。但并不妨事，精神可很好。七点左右我就起来看自己的书，校正了些错字，且反复检查了一会。《月下小景》不坏，用字顶得体，发展也好，铺叙也好。尤其是对话。人那么聪明！二十多岁写的。这文章的写成，同《龙朱》一样，全因为有你！写《龙朱》时因为要爱一个人，却无机会来爱，那作品中的女人便是我理想中的爱人。写《月下小景》时，你却在我身边了。前一篇男子聪明点，后一篇女子聪明点。我有了你，我相信这一生还会写得出许多更好的文章！有了爱，有了幸福，分给别人些爱与幸福，便自然而然会写得出好文章的。对于这些文章我不觉得骄傲，因为等于全是你的。没有你，也就没有这些文章了。而且是习作，时间还多呐。

我今天想做点事，写两篇短论文，好在辰州时付邮。故只预备为你写两张信。我的小船已开动了，看情形，到家中至少还得七天。我发现所带的信纸太少了，在路上就会完事，到家后不知用什么来写信。我忘了告你把信寄存到辰州邮局的办法了，若早记着这一种办法，则我船到辰州时，可看到你几封信，从家中回辰时，又可接到你一大批信了。多有你些信，我在路上也一定好过些。

我真希望你梦里来找寻我，沿河找那黄色小船！在一万只船中找那一只。好像路太远了点，梦也不来。我半夜总为怕人的梦惊醒，心神不安，不知吃什么就好些。我已买了一顶绒帽，同我两人在前门大街看到的一样，花去了四角钱。还不能得一双棉鞋，就因为桃源地方各处便买不出棉鞋。我也许到辰州便坐轿子回去，因为轿子到底快一些。坐轿人可苦一点，然而只要早到早回，苦点也不在乎了。天气太冷，空气也仿佛就要结冰的样子。乡村有鸡叫，鸡声也似乎寒冷得很。来得不凑巧，想不到南方的冷比北方还坏些。

又有了橹歌。简直是诗！在这些歌声中我的心皆发抖，它好像在为我唱的，为爱而唱的。事实上是为了劳动而自得其乐唱的。下水船摇橹不费事！

船坐久了心也转安静，但我还是受不了的。每一桨下去，我皆希望它去得远一点，每一篙撑去，我皆希望它走得快一点。但一切无办法。水太急了，天气又太冷。

今天小船还得上一个大滩，也许我就得上岸走路。这滩上照例有若干大船破碎不完的搁在浅水中，照例每天有船坏事。你可放心，这全是大船出的乱子，小船分量轻，面积小，还无资格搁在那地方的！并且上水从河边走，更无所谓危险。这信到你手边时，过三四天我一定又坐着这样小船在下滩了。那滩名“青浪滩”，问九九，九九知道。滩长廿五里，不到十分钟可以下完。[①]至于上去，可就麻烦了，有时一整天。大船上去得一整天，小船则两三个钟头够了。天气好些，我当照个相，送给你领略一下，将来上行时有个分寸。四丫头一定不怕这种滩水，因为她的大相在旅行中还是笑眯眯的。

我小船已上一小滩了，水吼得吓人，浪打船边舱板很重。我不怕，我不怕。有了你在我心上，我不拘做什么皆不吓怕了。你还料不到你给了我多少力气和多少勇气。同时你这个人也还不很知道我如何爱你的。想到这里我有点小小不平。

我今天恐不能为你作画了，我手冻得发麻，画画得出舱外风中去，更容易把手冻僵，故今天不拿铅笔。山同水越到上面也越好，同时也似乎因为太奇太好，更不能画它了。你若见到了这里的山，你就会觉得崂山那些地方建筑房子太可笑了。也亏山东人好意思，把那些地方也当成好风景，而且作为修仙学道的地方。真亏他们。你明年若可以离开北京了，我们两人无论如何上来一趟，到辰州家中住一阵，

①原信旁注：“共四十里廿分钟直下，好险！”

看看这里不称为风景的山水，好到什么样子。我还希望你有机会同我到凤凰住住，你看那些有声有色的苗人如何过日子！

三三，我的小船快走到妙不可言的地方了，名字叫“鸭窠围”，全河是大石头，水却平平的，深不可测。石头上全是细草，绿得如翠玉，上面盖了雪。船正在这左右是石头的河中行走。“小阜平冈”，我想起这四个字。这里的小阜平冈多着……

二哥

一月十六十点

第三张

十六日十一点

我不是说今天只预备写两页信吗？这不成的。两岸雀鸟叫得动人得很，我学它们叫，文章也写不下去了。现在我已学会了一种曲子，我只想在你面前来装成一只小鸟，请你听我叫一会子。南边与北方不同的地方也就在此，南方冬天也有莺、画眉、百舌。水边大石上，只要天气好，每早就有这些快乐的鸟，踞在上面晒太阳，很自得地啭着喉咙。人来了，船来了，它便飞入岸边竹林里去。过一会，又在竹林里叫起来了。从河中还常常可以看到岸上有黄山羊跑着，向林木深处窜去。这些东西同上海法国公园养的小獐一个样子，同样的色泽，同样的美而静，不过黄羊胖一点点罢了。

你还记得在崂山时看人死亡报庙时情形没有？一定还好好记得。我为那些印象总弄得心软软的。那真使人动心，那些吹唢呐的，打旗帜的，戴孝的，看热闹的，以至于那个小庙，使人皆不容易忘掉。但你若到我们这里来，则无事不使你发生这种动人的印象。小地方的光、色、习惯、观念，人的好处同坏处，凡接触到它时，无一不使你十分感动。便是那点愚蠢、狡猾，也仿佛使你城市中人非原谅他们不可。不是有人常常问到我们如何就会写小说吗？倘若许我真真实实的来答复，我真想说："你到湘西去旅行一年就好了。"但这句话除了你恐怕无人相信得过。

你这人好像是天生就要我写信似的。见及你，在你面前时，我不知为什么就总得逗你面壁使你走开，非得写信赔礼赔罪不可。同你一离开，那就更非时时刻刻写信不可了。倘若我们就是那么分开了三年两年，我们的信一定可以有一箱子了。我总好像要同你说话，又永远说不完事。在你身边时，我明白口并不完全是说话的东西，故还有时默默的。但一离开，这只手除了为你写信，别的事便无论如何也做不好了。可是你呢？我还不曾得到你一个把心上挖出来的信。我猜想你寄到家中的信，也一定因为怕家中人见到，话说得不真。若当真为了这样小心，我见到那些信也看得出你信上不说、另外要说的话。三三，想起我们那么好，我真得轻轻的叹息，我幸福得很，有了你，我什么都不缺少了。

二哥

十六午前十一点廿分

过梢子铺长潭

十六下二点零五分

船已上了第一个大滩，你见了那滩会不敢睁眼睛。我在急流中画了三幅画，照了三个相。光线不好，恐怕照不出什么。至于画的画，不过得其仿佛罢了。现在船已到长潭中了，地方名“梢子铺”。泊了许多不敢下行的大船，吊脚楼整齐得稀有少见，全同飞阁一样，去水全在三十丈以上，但夏天发水时，这些吊脚楼一定就可以泊船了。你见到这些地方时，你真缺少赞美的言语。还有木筏，上面种青菜的东西，多美!

一到下午我就有点寂寞，做什么事皆不得法，我做了阵文章，没有意思，又不再继续了。我只是欢喜为你写信，我真是这样一个没出息的人……

我前面有木筏下来了，八个人扳桡，还有个小孩子。上面一些还有四个筏，皆慢慢的在下行，每个筏上四围皆有人扳桡。你想明白桡是什么，问问九妹，她说的必比我形容的还清楚。这些木筏古怪得有趣，上面有菜，有猪羊，还有特别弄来在筏上供老板取乐的。你若不见过，你不能想象它们如何好看、好玩！

我们的船既上了滩，在潭中把风篷扯满，现在正走得飞快，不要划它。水手们皆蹲在火边去了，我却推开了前舱门看景致，一面看一面伏在箱上为你写信。现在船虽在潭中走，四面却全是高山，同湖泊一样。这小船一直上去皆那么样，远山包了近山，水在山弯里找出路，一个陌生人见到，也许还以为在湖里玩的。可以说像湖里，水却不是玩的。山的倾斜度过大，面积过窄，水流太速，虽是在潭中，你见了也会头晕的。

……

我的船又在上小滩了，滩不大，浪也不会到船上来，我还依然能够为你写信……路上并无收信处，我已积存了七封信，到辰州时一定共有十封信发出。我预备一大堆放在一个封套中当快信发出。

我的小船不是在小滩上吗？差一点出了事了。船掉头向下溜去，倒并无什么危险，只是多费水手些力罢了。便因为这样，前后的水手就互相骂了六七十句野话。船上骂野话不作兴生气，这很有意思。并且他们那么天真烂漫的骂，也无什么猥亵处，真是古怪的事。

这船上主要的水手有三块四毛钱一趟的薪水，每月可划船两趟。另一学习水手八十吊钱一年，也可以说一块钱一个月，事还做得很好。掌舵的从别处租船来划，每年出钱两百吊，或百二十吊，约合卅块钱到二十四块钱。每次他可得十五元运费，带米一两石又可赚两元，每次他大约除开销外剩五元，每月可余十来块钱。但这人每天得吃三百钱烟，因此驾船几十年，讨个老婆无办法，买条值洋三十元的小船也无办法。想想他们那种生活，真近于一种奇迹！

我这信写了将近一点钟了，我想歇歇，又不愿歇歇。我的小船正靠近一只柴船，我看到一个人穿青羽绫马褂在后梢砍柴，我看准了他是个船主。我且想象得出他如何过日子，因为这人一看（从船的形体也可看出）是麻阳人，麻阳人的家庭组织生活观念，我说起来似乎比他们自己还熟悉一点。麻阳人不讨嫌，勇敢直爽耐劳皆像个人，也配说是个人。这河里划船的麻阳人顶多，弄大船，装油几千篓，尤其非他们不可。可是船多货少，因此这些船全泊在大码头上放空，每年不过一回把生意，谁想要有那么一只船，随时皆可以买到的。许多船主前几年弄船发了财的，近几年皆赔了本。想支持下去，自己就得兼带做点生意，但一切生意皆有机会赔本，近些日子连做鸦片烟生意的也无利可图，因此多数水面上人生活皆很悲惨，并无多少兴致。这种现象只有一天比一天坏，故地方经济真很使人担心。若照这样下去，这些人过一阵便会得到一个更悲惨的境遇的。我还记得十年前这河里的情形，比现在似乎是热闹不少的。

今天也许因为冷些，河中上行的船好像就只我的小船，一只小到不过三丈的船，在那么一条河中走动，船也真有点寂寞之感！我们先计划四天到辰州，失败了，又计划五天到辰州，又失败了。现在看情形也许六天，或七八天方可到辰州了……我想起真难受。

二哥

十六三点廿五

夜泊鸭窠围

十六日下午六点五十分

我小船停了，停到鸭窠围。中时候写信提到的“小阜平冈”应当名为“洞庭溪”。鸭窠围是个深潭，两山翠色逼人，恰如我写到翠翠的家乡。吊脚楼尤其使人惊讶，高矗两岸，真是奇迹。两山深翠，唯吊脚楼屋瓦为白色，河中长潭则湾泊木筏廿来个，颜色浅黄。地方有小羊叫，有妇女锐声喊“二老”“小牛子”，且听到远处有鞭炮声与小锣声。到这样地方，使人太感动了。四丫头若见到一次，一生也忘不了。你若见到一次，你饭也不想吃了。

我这时已吃过了晚饭，点了两支蜡烛给你写报告。我吃了太多的鱼肉。还不停泊时，我们买鱼，九角钱买了一尾重六斤十两的鱼，还是顶小的！样子同飞艇一样，煮了四分之一，我又吃四分之一的四分之一，已吃得饱饱的了。我生平还不曾吃过那么新鲜那么嫩的鱼，我并且第一次把鱼吃个饱。味道比鲥鱼还美，比豆腐还嫩，古怪的东

西！我似乎吃得太多了点，还不知道怎么办。

可惜天气太冷了，船停泊时我总无法上岸去看看。我欢喜那些在半天上的楼房。这里木料不值钱，水涨落时距离又太大，故楼房无不离岸卅丈以上，从河边望去，使人神往之至。我还听到了唱小曲声音，我估计得出，那些声音同灯光所在处，不是木筏上的簰头在取乐，就是有副爷们船主在喝酒。妇人手上必定还戴得有镀金戒子。多动人的画图！提到这些时我是很忧郁的，因为我认识他们的哀乐，看他们也依然在那里把每个日子打发下去，我不知道怎么样总有点忧郁。正同读一篇描写西伯利亚方面农人的作品一样，看到那些文章，使人引起无言的哀戚。我如今不止看到这些人生活的表面，还用过去一分经验接触这种人的灵魂。真是可哀的事！我想我写到这些人生活的作品，还应当更多一些！我这次旅行，所得的很不少。从这次旅行上，我一定还可以写出很多动人的文章！

三三，木筏上火光真不可不看。这里河面已不很宽，加之两面山岸很高（比崂山高得远），夜又静了，说话皆可听到。羊还在叫。我不知怎么的，心这时特别柔和。我悲伤得很。远处狗又在叫了，且有人说，“再来，过了年再来！”一定是在送客，一定是那些吊脚楼人

鸭窠围是个深潭，两山翠色逼人，恰如我写到翠翠的家乡。吊脚楼尤其使人惊讶，高矗两岸，真是奇迹。

家送水手下河。

风大得很，我手脚皆冷透了，我的心却很暖和。但我不明白为什么原因，心里总柔软得很。我要傍近你，方不至于难过。我仿佛还是十多年前的我，孤孤单单，一身以外别无长物，搭坐一只装载军服的船只上行，对于自己前途毫无把握，我希望的只是一个四元一月的录事职务，但别人不让我有这种机会。我想看点书，身边无一本书。想上岸，又无一个钱。到了岸必须上岸去玩玩时，就只好穿了别人的军服，空手上岸去，看看街上一切，欣赏一下那些小街上的片糖，以及一个铜元一大堆的花生。灯光下坐着扯得眉毛极细的妇人。回船时，就糊糊涂涂在岸边烂泥里乱走，且沿了别人的船边"阳桥"渡过自己船上去，两脚全是泥，刚一落舱还不及脱鞋，就被船主大喊："伙计副爷们，脱鞋呀。"到了船上后，无事可做，夜又太长，水手们爱玩牌的，皆蹲坐在舱板上小油灯下玩牌，便也镶拢去看他们。这就是我，这就是我！三三，一个人一生最美丽的日子，十五岁到廿岁，便恰好全是在那么情形中过去了，你想想看，是怎么活下来的！万想不到的是，今天我又居然到这条河里，这样小船上，来回想温习一切的过去！更想不到的是，我今天却在这样小船上，想着远远的一个温和

三三，木筏上火光真不可不看。这里河面已不很宽，加之两面山岸很高（比崂山高得远），夜又静了，说话皆可听到。

美丽的脸儿，且这个黑脸的人儿，在另一处又如何悬念着我！我的命运真太可玩味了。

我问过了划船的，若顺风，明天我们可以到辰州了。我希望顺风。船若到得早，我就当晚在辰州把应做的事做完，后天就可以再坐船上行。我还得到辰州问问，是不是云六[①]已下了辰。若他在辰州，我上行也方便多了。

现在已八点半了，各处还可听到人说话，这河中好像热闹得很。我还听到远远的有鼓声，也许是人还愿。风很猛，船中也冰冷的。但一个人心中倘若有个爱人，心中暖得很，全身就冻得结冰也不碍事的！这风吹得厉害，明天恐要大雪。羊还在叫，我觉得稀奇，好好的一听，原来对河也有一只羊叫着，它们是相互应和叫着的。我还听到唱曲子的声音，一个年纪极轻的女子喉咙，使我感动得很。我极力想去听明白那个曲子，却始终听不明白。我懂许多曲子。想起这些人的哀乐，我有点忧郁。因这曲子我还记起了我独自到锦州，住在一个旅馆中的情形。在那旅馆中我听到一个女人唱大鼓书，给赶骡车的客人过夜，唱了半夜。我一个人便躺在一个大炕上听窗外唱曲子的声音，同别人笑语声。这也是二哥！那时节你大概在暨南读书[②]，每天早上还得起床来做晨操！命运

①即作者的大哥沈云六。

②指暨南大学女子部（中学），在南京。

真使人惘然。爱我，因为只有你使我能够快乐！

二哥

我想睡了。希望你也睡得好。

十六下八点五十

第八张

十六日下午九时

我把船舱各处透风地方皆用围巾、手巾、书本、长衫塞好后，应当躺到冷被中睡觉了，一时却不想睡。与其冷冰的躺在舱板上听水声，不如拥被坐着，借烛光为你写信较好。我今天快写到八张了，白日里还只说预备写两张。倘若这是罪过，这罪过应各个人负一半责……

今夜里风特别大了些，一个人坐在舱里，对着微抖的烛光，作着客中怀人的神气，也有个味儿。我在为你计算，这时你同九妹也许还在炉边同张大姐谈话……也许在估计我的行程，猜想我在小船上的生活，但你绝想不到我现在还正在为你写信！我希望你记得有日记，因为记下了些你的事情，到我回来时，我们就可以对照，看同一天你做了些什么，想了些什么，我又做了些什么，想到些什么……

现在河中还有人说话，还可隐约听到远处的鼓声，我寂寞得很。

这里水没有声音，但船的摇荡却可以从感觉中明白。有时这小船还忽然一搁，也许是大鱼头碰着船底的。我相信船边一定有鱼，因为吃晚饭时我倒了些残饭到水中，这时就听得明明白白，水中有种声音。

我太冷了，管他能睡不能睡，我只好躺下去。到了半夜若又冷醒了，实在睡不着时，我便再爬起来写信。说起写信，我记起了两年前或一年前的情形来了，比一比，我便觉得现在太幸福了。

二哥

十六下九点五十分

梦无凭据

一月十六下十点

我脱了衣又披起衣来写信了。天气太冷，睡不下去，还不如这样坐起来同你写点什么较好。我不想就睡，因为梦无凭据，与其等候梦中见你，还不如光着眼睛想你较好！你现在一定睡了，你倘若知道我在船上的情形，一定不会睡着的。你若早知道小船上一堆日子是怎样过的，也许不会让我一个人回家的。我本来身体很疲倦，应得睡了，但想着你，心里却十分清醒。我抓我自己的头发，想不出个安慰自己的方法。我很不好受。

二哥

十六日下十点十分

鸭窠围的梦

十七日上六点十分

五点半我又醒了，为恶梦吓醒的。醒来听听各处，世界那么静。回味梦中一切，又想到许多别的问题。山鸡叫了，真所谓百感交集。我已经不想再睡了。你这时说不定也快醒了！你若照你个人独居的习惯，这时应当已经起了床的。

我先是梦到在书房看一本新来的杂志，上面有些稀奇古怪的文章，后来我们订婚请客了，在一个花园中请了十个人，媒人却姓曾。一个同小五哥年龄相仿佛的中学生，但又同我是老同学。酒席摆在一个人家的花园里，且在大梅花树下面。来客整整坐了十位，只其中曾姓小孩子不来，我便去找寻他，到处找不着，再赶回来时客全跑了，只剩下些粗人，桌上也只放下两样吃的菜。我问这是怎么回事，方知道他们等客不来，各人皆生气散了。我就赶快到处去找你，却找不到。再过一阵，我又似乎到了我们现在的家中房里，门皆关着，院子外有狮子一只咆哮，我真着急。想出去不成，想别的方法通知一下你们也不成。这狮子可是我们家养的东西，不久张大姐（她年纪似乎只十四岁）拿生肉来喂狮子了，狮子把肉吃过就地翻筋斗给我们看。我同你就坐在正屋门限上看它玩一切把戏，还看得到好好的太阳影子！再过一阵我们出门野餐去了，到了个湖中央堤上，黄泥做成的堤，两人坐下看水，那狮子则在水中游泳。过不久这狮子理着项下长须，它变成了同于右任差不多的一个胡子了……

醒来只听到许多鸡叫，我方明白我还是在小船上。我希望梦到你，但同时还希望梦中的你比本来的你更温柔些。可是我成天上滩，在深山长潭里过日子，梦得你也不同了。也许是鲤鱼精来做梦，假充你到我面前吧。

这时真静，我为了这静，好像读一首怕人的诗。这真是诗。不同处就是任何好诗所引起的情绪，还不能那么动人罢了。这时心里透明的，想一切皆深入无间。我在温习你的一切。我真带点儿惊讶，当我默读到生活某一章时，我不止惊讶。我称量我的幸运，且计算它，但这无法使我弄清楚一点点。你占去了我的感情全部。为了这点幸福的自觉，我叹息了。

倘若你这时见到我，你就会明白我如何温柔！一切过去的种种，它的结局皆在把我推到你身边心上，你的一切过去也皆在把我拉近你身边心上。这真是命运。而且从二哥说来，这是如何幸运！我还要说的话不想让烛光听到，我将吹熄了这支蜡烛，在暗中向空虚去说。

二哥

鸭窠围清晨

这时已七点四十分了，天还不很亮。两山过高，故天亮较迟。船上人已起身，在烧水扫雪，且一面骂野话玩着。对于天气，含着无可奈何的诅咒。木筏正准备下行，许多从吊脚楼上妇人处寄宿的人，皆正在下河，且互相传着一种亲切的话语。许多筏上水手则各在移动木料。且听到有人锐声装女人无意思的天真烂漫地唱着，同时便有斧斤声和锤子敲木头的声音。我的小船也上了篷，着手离岸了。

昨晚天气虽很冷，我倒好。我明白冷的原因了。我把船舱通风处皆堵塞了一下，同时却穿了那件旧皮袍睡觉。半夜里手脚皆暖和得很，睡下时与起床时也很舒服方便。我小船的篷业已拉起，在潭里移动了。只听到人隔河岸“牛保，牛保，到哪囊去了？”河这边等了许久，方仿佛从吊脚楼上一个妇人被里逃出，爬在窗边答着：“宋宋，宋宋，你喊哪样？早咧。”“早你的娘！”“就算早我的娘！”最后一句话不过是我想象的，因为他已沉默了，一定又即刻回到床上去了。我还估想他上床后就会拧了一下那妇人，两人便笑着并头睡下了的。这分生活真使我感动得很。听到他们的说话，我便觉得我已经写出的太简单了。我正想回北京时用这些人做题材，写十个短篇，或我告给你，让你来写。写得好，一定是种很大的成功。这时我们的船正在上行，沿了河边走去，许多大船同木筏，昨晚停泊在上游一点的，也皆各在下行。我坐在舱中，就只听到水面人语声，以及橹桨搅水声，与橹桨本身被推动时咿咿呀呀声。这真是圣境。我出去看了一会儿，看到这船筏浮在水面，船上还扬着红红的火焰同白烟，两岸则高矗而上，如对立巨魔，颜色墨绿。不知什么地方有老鸦叫着出窠，不知什么地方有鸡叫着，且听得着岸旁有小水鸡吱吱吱吱的叫，不知它们是种什么意思，却可以猜想它们每早必这样叫一大阵。这点印象实实在在值得受份折磨得到它。

我正计算了一阵日子。我算作八号动身，应在下月七号到地见你。今天我已走了十天，至多还加个五天我必可到家。若照船上人说来，他们包我下行从浦市到桃源作三天（这一段路上行我们至少需八天），从桃源到常德一天，从常德到长沙一天，从长沙到汉口一天，汉口停一天，再从汉口到北平两天，加上从我家回到浦市两天，则路

只听到人隔河岸“牛保，牛保，到哪里去了？”河这边等了许久，方仿佛从吊脚楼上一个妇人被里逃出，爬在窗边答着：“宋宋，宋宋，你喊哪样？早咧。”

上共需十一天。共加拢来算算，则我可在家中住四天。恐怕得多住一天，则汉口我不耽搁，时间还是一样的……今天十七，我快则二十天后可以见你，慢也不过二十三天，我希望至迟莫过十号，我们可以在北京见面。我希望这次回到家中，可以把你一切好处让家中人知道，我还希望为你带些有趣味的东西，同家中人对你的好意给你。我一到家一定就有人问："为什么不带张妹来？"我却说："带来了，带来了。"我带来的是一个相片，我送他们相片看。事实上则我当真也把你带来了，因为你在我的心上！不过我不会把这件事告给人，我不让他们从这个事情上得到一个发笑的机会。一个人过分吝啬本不是件美德，我可不能不吝啬了。

今天风好像不很大，船会赶不到辰州。然而至多明天我总可到辰州的。我一到地就有两件事可做，第一是打电话回去，告大哥我已到了辰州，第二是打电报给你希望你把钱寄来。我这次下行，算算有九十块钱已够了，但我希望手边却有一百廿块钱，因为也许得买点东西回北京来送人。这里许多东西皆是北京人的宝贝，正如同北京许多东西是这里宝贝一样。我动身时一定有人送我小东小西，我真盼望所有东西全是可以使你欢喜的，或转送四丫头，使四丫头惊奇的。

这时已八点四十，天还黯黯的。也许这小表被我拨快了一些，也许并不是小表的罪过。从这次上行的经验看来，不拘带什么皆不会放坏，故下行时也许还可以为你带些古怪食物！九九是多年不吃冻菌了的，我预备为她带些冻菌。你欢喜酸的，我预备请大嫂为你炒一罐胡葱酸。四丫头倾心苗女人，我可以为她买一块苗妇人手做的冻豆腐。时间若许我从容些，我还能同三哥到乡下去赶次场，说不定我尚可为四丫头带点狗肉来。我想带的可太多了，一个火车厢恐怕也装不下。正因为这样子，或者我一样不带。

我忘了问张大姐要些什么了。请先告她，我若到苗乡去，当为她带个苗人用的顶针或针筒来。我那里针筒皆镂花，似乎还不坏。我还听同乡说本城酱油已出名，且成为近日来运销出口的一种著名东西，下可以到长沙，上可以到川东黔省，真想不到。我无论如何总为你们带点酱油来的。

九点四十五分，我小船停泊在一个滩乱石间，大家从从容容吃过了早饭。又吃鱼。吃了饭后船上人还在烤烤火，我就画了一个对河的小景。对河有人家处色泽极其美丽，名为“打油溪”。还有长长的墙垣，一定就是油坊。住在这种地方不作诗却来打油，古怪透了。画刚打好稿子，船就开了。今天小船还应上两个大滩，“九溪”同“横石”，这滩还不很难上，可是天气怪冷，水手真苦。说不定还得落水去拉船。近辰州时又还有个长十里的急流，无风时也很费事。今天风不好，不能把船送走，故看情形还赶不到辰州。我希望明天上半天可到，用半天日子做一切事，后天就可上行。我还希望到了辰州可以从电话中谈几句话，告他一切，也让他们放心些，不然收到了你的信后，却不见我到家，岂不稀奇。

今天更冷，应当落大雪了，可是雪总落不下来。南方天气我疏远得太久了，如今看来同看一本新书一样，处处不像习惯所能忍受的样子，我若到这些地方长住下去，性格一定沉郁得很了。但一到春天，这里可太好了。就是这种天气，山中竹雀画眉依然叫得很好，一到春天，是可想而知的。

歪了一下

一月十七日上午十点卅五分

这河水可不是玩意儿。我的小船在滩上歪了那么一下，一切改了样子，船进了点水，墨水全泼尽了，书、纸本子、牙刷、手巾，全是墨水。许多待发的信封面上也全是墨水。箱子侧到一旁，一切家伙皆侧到一旁，再来一下可就要命。但很好，就只那么一次危险。很可惜的是掉了我那支笔，又泼尽了那瓶墨水，信却写不成了。现在的墨水只是一点点瓶底残余，笔却是你的自来水笔。更可惜的是还掉了一支……你猜去吧。

这是我小船第一次遇险，等等也许还得有两次这种事情，但不碍事，“吉人天相”，决不会有什么大事。很讨厌的是墨水已完，纸张又湿，我的信却写不成了。我还得到辰州去补充一切，不然无法再报告你一切消息。好在残余的墨水至少总还可以够我今天用它，到了明天，我却已可以买新的墨水了。在危险中我本来还想照个相，这点从容我照例并不缺少的，可是来不及照相，我便滚到船一边了。说到在危险中人还从从容容，我记起了十二年前坐那军服船上行，到一个名为“白鸡关”的情形来了。那时船正上滩，忽然掉了头，船向下溜去。船既是上行的，到上滩时照例所有水手皆应当去拉纤，船上只有一个拦头一个掌梢的，两个人在急滩上驾只大船可不容易，因此在斜行中船就乓的同石头相磕，顷刻之间船已进了水，且很快的向下溜去。我们有三个朋友在船上，两人皆吓慌了，我可不在乎。我看好了舱板同篙子，再不成，我就向水中跳。但很好，我们居然不用跳水还拢了岸，水过船面两寸许，只湿了我们的脚。一切行李皆拿在手上，一个小包袱，除了两只脚沾了点水以外，什么也不湿。故这次打船经验可以说是非常合算的。我们还在那河滩上露宿一夜，可以说干赚得这一夜好生活！这次坐的船太小了点，还无资格遇这种危险，你不用为我担心，反应为我抱屈，因为多有次危险经验，不是很有意思的事么？

那支笔我觉得有点可惜，因为这次旅行的信，差不多全是它写的。现在大致很孤独的卧在深水里，间或有一只鱼看到那么一个金色放光的笔尖，同那么一个长长的身体，觉得奇异时，会游过去嗅嗅，又即刻走开了。想起它那躺在深水里慢慢腐去，或为什么石头压住的情形，我这时有点惆怅。凡是我用过的东西，我对它总发生一种不可言说的友谊，我不知道这是什么原因。

我们的船又在上滩了，不碍事，我心中有你，我胆儿便稳稳的了。眼看到一个浪头跟着一个浪头从我船旁过去，我不觉得危险，反而以为你无法经验这种旅行极可惜。

又有了橹歌，同滩水相应和，声音雍容典雅之至。我歇歇，看看水，再来告你。我担心墨水不够我今天应用，故我的信也好像得悭吝一些了。

二哥

十七日上十一点卅五分

滩上挣扎

我不说除了掉笔以外还掉了一支……吗？我知道你算得出那是一支牙骨筷子的。我真不快乐，因为这东西总不能单独一支到北平的。我很抱歉。可是，你放心，我早就疑心这筷子即或有机会掉到河中去，它若有小小知觉，就一定不愿意独自落水。事不出我所料，在舱底下我又发现它了。

今天我小船上的滩可特别多，河中幸好有风，但每到一个滩上，总仍然很费事。我伏卧在前舱口看他们下篙，听他们骂野话。现在已十二点四十分，从八点开始只走了卅多里，还欠七十里，这七十里中还有两个大滩、一个长滩，看情形又不会到地的。这条河水坐船真折磨人，最好用它来做性急人犯罪以后的处罚。我希望这五点钟内可以到白溶下面泊船，那么明天上午就可到辰州了。这时船又在上一个滩，船身全是侧的，浪头大有从前舱进自后舱出的神气，水流太急，船到了上面又复溜下。你若到了这些地方，你只好把眼睛紧紧闭着。这还不算大滩，大滩更吓人！海水又大又深，但并不吓人，仿佛很温和。这里河水可同一股火样子，太热情了一点，好像只想把人攫走，且好像完全凭自己意见做去。但古怪，却是这些弄船人。他们逃避急流同漩水的方法可太妙了，不管什么情形他们总有办法避去危险。到不得已时得往浪里钻，今天已钻三回，可是又必有方法从浪里找出路。他们逃避水的方法，比你当年避我似乎还高明。他们明白水，且得靠水为生，却不让水把他们攫去。他们比我们平常人更懂得水的可怕处，却从不疏忽对于水的注意。你实在还应当跟水手学两年，你到之江避暑，也就一定有更多情书可看了。

……

我离开北京时，还计划到，每天用半个日子写信，用半个日子写文章。谁知到了这小船上，却只想为你写信，别的事全不能做。从这里看来我就明白没有你，一切文章是不会产生的。先前不同你在一块儿时，因为想起你，文章也可以写得很缠绵，很动人。到了你过青岛后，却因为有了你，文章也更好了。但一离开你，可不成了。倘若要我一个人去生活，做什么皆无趣味，无意思。我简直已不像个能够独立生活下去的人。你已变成我的一部分，属于血肉、精神一部分。我人并不聪明，一切事情得经过一度长长的思索，写文章如此，爱人也如此，理解人的好处也如此。

你不是要我写信告爸爸吗？我在常德写了个信，还不完事，又因为给你写信把那信搁下不写了。我预备到辰州写，辰州忙不过来，我预备到本乡写。我还希望在本乡为他找得出点礼物送他。不管是什么小玩意儿，只要可能，还应当送大姐点。大姐对我们好处我明白，二姐的好处被你一说也明白了。我希望在家中还可以为她们两人写个信去。

三三，又上了个滩。不幸得很……差点儿淹坏了一个小孩子，经验太少，力量不够，下篙不稳，结果一下子为篙子弹到水中去了。幸好一个年长水手把他从水中拉起，船也侧着进了不少的水。小孩子被人从水中拉起来后，抱着桅子荷荷的哭，看到他那样子真有使人说不出的同情。这小孩就是我上次提到一毛钱一天的候补水手。

这时已两点四十五分，我的小船在一个滩上挣扎，一连上了五次皆被急流冲下，船头全是水，只好过河从另一方拉上去。船过河时，从白浪里钻过，篷上也沾了浪。但不要为我着急，船到这时业已安全过了河。最危险时是我用号时，纸上也全是水，皮袍也全弄糟了。这时船已泊在滩下等待力量的恢复，再向白浪里弄去。

这滩太费事了，现在我小船还不能上去。另外一只大船上了将近一点钟，还在急流中努力，毫无办法。风篷、纤手、篙子，全无用处。拉船的在石滩上皆伏爬着，手足并用的一寸一寸向前。但仍无办法。滩水太急，我的小船还不知如何方能上去。这时水手正在烤火说笑话，轮到他们出力时，他们不会吝惜气力的。

小孩子被人从水中拉起来后，抱着桅子荷荷的哭，看到他那样子真有使人说不出的同情。

三三，看到吊脚楼时，我觉得你不同我在一块儿上行很可惜，但一到上滩，我却以为你幸好不同来，因为你若看到这种滩水，如何发吼，如何奔驰，你恐怕在小船上真受不了。我现在方明白住在湘西上游的人，出门回家家中人敬神的理由。从那么一大堆滩里上行，所依赖的固然是船夫，船夫的一切，可真靠天了。

我写到这里时，滩声正在我耳边吼着，耳朵也发木。时间已到三点，这船还只有两个钟头可走，照这样延长下去，明天也许必须晚上方可到地。若真得晚上到辰州，我的事情又误了一天，你说，这怎么成。

小船已上滩了，平安无事，费时间约廿五分。上了滩问问那落水小水手，方知道这滩名“骂娘滩”（说野话的滩），难怪船上去得那么费事。再过廿分钟我的小船又得上个名为“白溶”的滩，全是白浪，吉人天相，一定不有什么难处。今天的小船全是上滩，上了白溶也许天就夜了，则明天还得上九溪同横石。横石滩任何船只皆得进点儿水，劣得真有个样子。我小船有四妹的相片，也许不至于进水。说到四妹的相片，本来我想让它凡事见识见识，故总把它放在外边……可是刚才差点儿它也落水了，故现在已把它收到箱子里了。

小船这时虽上了最困难的一段，还有长长的急流得拉上去。眼看到那个能干水手一个人爬在河边石滩上一步一步的走，心里很觉得悲哀。这人在船上弄船时，便时时刻刻骂野话，动了风，用不着他做事时，就模仿麻阳人唱橹歌，风大了些，又模仿麻阳人打呵贺，大声的说：

“要来就快来，莫在后面挨，呵贺——

风快发，风快发，吹得满江起白花，呵贺——”

他一切得模仿，就因为桃源人弄小船的连唱歌喊口号也不会！这人也有不高兴时节，且可以说时时刻刻皆不高兴，除了骂野话以外，就唱：

“过了一天又一天，心中好似滚油煎。”

心中煎熬些什么不得而知，但工作折磨到他，实在是很可怜的。这人曾当过兵，今年还在沅州方面打过四回仗[①]，不久逃回来的。据他自己说，则为人也有些胡来乱为。赌博输了不少的钱，还很爱同女人胡闹，花三块钱到一块钱，胡闹一次。他说：“姑娘可不是人，你有钱，她同你好，过了一夜钱不完，她仍然同你好，可是钱完了，她不认识你了。”他大约还胡闹过许多次数的。他还当过两年兵，明白一切做兵士的规矩。身体结实如二小的哥哥，性情则天真朴质。每次看到他，总很高兴的笑着。即或在骂野话，问他为什么得骂野话，就说：“船上人作兴这样子！”便是那小水手从水中爬起以后，一面哭一面也依然在骂野话的。看到他们我总感动得要命。我们在大城里住，遇到的人即或有学问，有知识，有礼貌，有地位，不知怎么的，总好像这人缺少了点成为一个人的东西。真正缺少了些什么又说不出。但看看这些人，就明白城里人实实在在缺少了点人的味儿了。我现在正想起应当如何来写个较长的作品，对于他们的做人可敬可爱处，也许让人多知道些，对于他们悲惨处，也许在另一时多有些人来

①今年指 1933 年。沅州即芷江。

注意。但这里一般的生活皆差不多是这样子，便反而使我们哑口了。

你不是很想读些动人作品吗？其实中国目前有什么作品值得一读？作家从上海培养，实在是一种毫无希望的努力。你不怕山险水险，将来总得来内地看看，你所看到的也许比一生所读过的书还好。同时你想写小说，从任何书本去学习，也许还不如你从旅行生活中那么看一次，所得的益处还多得多！

我总那么想，一条河对于人太有用处了。人笨，在创作上是毫无希望可言的。海虽俨然很大，给人的幻想也宽，但那种无变化的庞大，对于一个作家灵魂的陶冶无多益处可言。黄河则沿河都市人口不相称，地宽人少，也不能教训我们什么。长江还好，但到了下游，对于人的兴感也仿佛无什么特殊处。我赞美我这故乡的河，正因为它同都市相隔绝，一切极朴野，一切不普遍化，生活形式、生活态度皆有点原人意味，对于一个作者的教训太好了。我倘若还有什么成就，我常想，教给我思索人生，教给我体念人生，教给我智慧同品德，不是某一个人，却实实在在是这一条河。

我希望到了明年，我们还可以得到一种机会，一同坐一次船，证实我这句话。

……

我这时耳朵热着，也许你们在说我什么的。我看看时间，正下午四点五十分。你一个人在家中已够苦的了，你还得当家，还得照料其他两个人，又还得款待一个客人，又还得为我做事。你可以玩时应得玩玩。我知道你不放心……我还知道你不愿意我上岸时太不好看，还知道你愿意我到家时显得年轻点，我的刮脸刀总摆在箱子里最当眼处。一万个放心……若成天只想着我，让两个小妮子得到许多取笑你的机会，这可不成的。

我今天已经写了一整天了，我还想写下去。这样一大堆信寄到你身边时，你怎么办。你事忙，看信的时间恐怕也不多，我明天的信也许得先写点提要……

这次坐船时间太久，也是信多的原因。我到了家中时，也就是你收到这一大批信件时。你收到这信后，似乎还可发出三两个快信，写明“寄常德杰云旅馆曾芹轩代收存转沈从文亲启”。我到了常德无论如何必到那旅馆看看。

我这时有点发愁，就是到了家中，家中不许我住得太短。我也愿意多住些日子，但事情在身上，我总不好意思把一月期限超过三天以上。一面是那么非走不可，一面又非留不可，就轮到我为难时节了。我倒想不出个什么办法，使家中人催促我早走些。也许同大哥故意吵一架，你说好不好？地方人事杂，也不宜久住！

小船又上滩了，时间已五点廿分。这滩不很长，但也得湿湿衣服被盖。我只用你保护到我的心，身体在任何危险情形中，原本是不足惧的。你真使我在许多方面勇敢多了。

二哥

泊杨家岨

船又上了个滩，名为“回师”。各处是大石头，船就从石头中过去。天保佑，船又安然上去了。到上游滩多了些，船却少了些，不大能够有机会听摇橹人歌声，山又似乎反而低些了。我至多明天就可到柏子停船的地方了，我一定得照个哪里水手的相来。我为这件事盼望明天有个好天气，且盼望辰州河边无积雪，却是一滩烂泥。因为柏子上岸胡闹那一天，正是飞毛毛雨的日子。那地方是我第一次出门离家，在外混日子的地方，悄悄地翻一个书记官的《辞源》，三个人各出三毛四分钱订《申报》，皆是那个地方。我最后见到我们那个可怜的爸爸，我小时候他爱我，长大时他教我的爸爸，也就是这个地方！这地方对我是太有意义了。我还穿过棉军服，每天到那地方南门口吃过汤圆，在河街上去鉴赏卖船上的檀木活车、钢钻、火镰等等宝贝。我的教育大部分从这地方开始，同时也从这地方打下我生活的基础。一个人生活前后太不同，记忆的积累，分量可太重了。不管是曹雪芹那么先前豪华，到后落寞，也不管像我小时孤独，近来幸福，但境遇的两重，对于一个人实在太惨了。我直到如今，总还是为过去一切灾难感到一点忧郁。便是你在我身边，那些死去了的事，死去了的人，也仍然常常不速而至的临近我的心头，使我十分惆怅的。至于你，你可太幸福了。你只看到我的一面。你爱我，也爱的是这个从一切生活里支持过来，有了转机的我。你想不到我在过去，如何在一个陌生社会里打发一大堆日子，绝想不到！

小船再过半点钟就可以停泊了……不，即刻就得停泊了。船已到了“杨家岨”，又是吊脚楼，飞楼杰阁似的很悦目。小船傍在大石旁，只需一跳就可以上岸。岸上正有妇人说话，不知说些什么。这里已无雪，山头皆为棕色，远山则为紫色。地方静得很，无一只船，无一个人，无一堆柴。不知什么地方有人正在锤捣东西，一下一下的捣。对河也有人说话，且看不清楚人家。三三，我手全冻了，时间已六点卅五分，我想歇歇。我的舱口对风，还得把一切通风处塞塞，不然夜里又很冷。

这可不怕冷了，前舱竹篷已放下，风让了路，全不要紧了。船上已在煎鱼，油老后，哗的沙的一响，满舱皆是烟气。我喝了一碗米汤，加了点白糖，这东西算是我吃饭以外唯一的食物，也算是我唯一的饮料。我的蜡烛已点去三只，剩下两只大致刚可以到地。我到了湘西，方明白云六大哥对于他那手电筒宝贝的理由，所有城市一到夜里，街上皆是黑黑的。船傍小码头时尤其不成。有电筒，好处可多了。我忘了把我们家中那个东西带来。

船每天皆泊到小地方，我真有点点担心。今天的码头只有我的小船一只，孤零零的停顿到这地方，我真有点害怕。船上那些开过小差的水手，若误会了我箱中的东西，在半唱过“过了一天又一天”之余，也许真会转念头来玩新花样的。三三，这是说笑话的！这时又来了一只大船，且是向上行的。那水手已拿了我一串钱，上吊脚楼吃鸦片烟去了。他等等回来时，还一定同我说到河街吊脚楼同大脚婆娘烧烟故事的。我请他的客，他却告我很多新鲜事情。这个人若会写字，且会把所认得的字写他的一切，他才是个地道普罗作家！这人用口说故事时，还能加上一些铺叙、一点感想，便是一张口，也比较许多笔写出来的故事深刻多了。

我为了想看看那河街烟馆，若有个灯，真还要上岸去一次！我明天一定要到辰州河街去的，我还得去家中看看灵官巷的新房子。

我吃饭了，等等再告你。

二哥

十七日下午七点廿分

潭中夜渔

我只吃一碗饭，鱼又吃了不少。这时已七点四十，你们也应当吃过饭了。我们的短期分离，我应多受点折磨，方能补偿两人在一处过日子时，我对你疏忽的过失，也方能把两人同车时我看报的神气使你忘掉。我还正在各种过去事情上，找寻你的弱点与劣点，以为这样一来，也许我就可以少担负一份分离的痛苦。但出人意料的是我越找寻你坏处，就越觉得你对我的好处……

夜晚了，船已停泊，不必担心相片着水，我这时又把你同四丫头的相从箱中取出来了。我只想你们从相片上跳下来，我当真那么傻想……我应当多带些你们的相片来了。我还忘了带九九同你元和大姐的相片，若全带到箱子里，则我也许可以把些时间，同这些相片来讨论点事情，或说几个故事，或又模拟你们口吻，说点笑话……现在十天了我还无发笑机会。三三，四丫头近来吃饭被踢没有？应当为我每次踢她一脚。还有九妹，我希望她肯多问你些不认识的生字，不必说英文，便是中文她需要指点的方面也就很多。还有巴金，我从没为他写信，却希望你把我的路上一切，撮要告给他，并请他写点文章，为刊物登载。还有杨先生[1]，你也得告他我在路上的情形。我为了成日成夜给你这个三三写信，别的信皆不曾动手，也无动手机会，你为我各处说一声就得了。

现在已九点了，这地方太静，静得有些怕人。晚上风又大了些，也猛了些，希望它明天还能够如此吹一天，则到辰州必很早。我想最好我再过五天可到家……我一切信上皆不敢提及妈的病，我只担心她已很沉重，又担心她正已复元，却因我这短期回家、即刻分离增加她老人家的病痛。我心虚得很。三三，这十多天想来我已有很多信件了，我希望其中并无云六报告什么不吉消息。我还希望你们能把我各处来信看看，应复的你且为我一一复去。我这一走必忙坏了你……

三三，这河面静中有个好听的声音，是弄鱼人用一个大梆子、一堆火，搁在船头上，河中下了拦江钓，因此满河里去擂梆子，让梆声同火光把鱼惊起，慌乱的四窜便触了网。这梆声且轻重不同，故听来动人得很。这种弄鱼方法，你从书上是看不到的。还有用火照鱼，用鸡笼捕鱼，用草毒鱼种种方法，单看书，皆毫无叙述。

我小船泊的地方是潭里，因此静得很，但却有种声音恐怕将使我睡不着。船底下有浪拍打，叮叮的响。时间已九点四十分，我的确得睡了……

---

①指杨振声先生。

因此满河里去擂梆子，
让梆声同火光把鱼惊起，
慌乱的四窜便触了网。

弄鱼的梆声响得古怪，在这样安静地方，却听到这种古怪声音，四丫头若听到，一定又惊又喜。这可以说是一首美丽的诗，也可以说一种使人发迷着魔的符咒。因为在这种声音中，水里有多少鱼皆触了网，且同时一定也还有人因此联想到土匪来时种种空气的。三三，凡是在这条河里的一切，无一不是这样把恐怖、新奇同美丽糅合而成的调子！想领略这种美丽，也应得出一分代价。我出的代价似乎太多了点……我不放下这支笔，实在是我一点自私处。我想再同你说一会儿。在这样一叶扁舟中，来为三三写信，也是不可多得的！我想写个整晚，梦是无凭据的东西，反而不如就这样好！

……

二哥

十七日下十时一刻

船泊杨家岨

横石和九溪

十八日上午九时

我七点前就醒了，可是却在船上不起身。我不写信，担心这堆信你看不完。起来时船已开动，我洗过了脸，吃过了饭，就仍然做了一会儿痴事……今天我小船无论如何也应当到一个大码头了。我有点慌张，只那么一点点。我晚上也许就可以同三弟从电话中谈话的。我一定想法同他们谈话。我还得拍发给你的电报，且希望这电报送到家中时，你不至于吃惊，同时也不至于为难。你接到那电报时若在十九，我的船必在从辰州到泸溪路上，晚上可歇泸溪。这地方不很使我高兴，因为好些次数从这地方过身皆得不到好印象。风景不好，街道不好，水也不好。但廿日到的浦市，可是个大地方，数十年前极有名，在市镇对河的一个大庙，比北京碧云寺还好看。地方山峰同人家皆雅致得很。那地方出肥人，出大猪，出纸，出鞭炮。造船厂规模很像个样子。大油坊长年有油可打，打油人皆摇曳长歌，河岸晒油篓时必百千个排列成一片。河中且长年有大木筏停泊，有大而明黄的船只停泊，这些大船船尾皆高到两丈左右，渡船从下面过身时，仰头看去恰如一间大屋。那上面一定还用金漆写得有一个“福”字或“顺”字！地方又出鱼，鱼行也大得很。但这个码头却据说在数十年前更兴旺，十几年前我到那里时已衰落了的。衰落的原因为的是河边长了沙滩，不便停船，水道改了方向，商业也随之而萧条了。正因为那点“旧家子”的神气，大屋、大庙、大船、大地方，商业却已不相称，故看起来尤其动人。我还驻扎在那个庙里半个月到廿天，属于守备队第一团。那庙里墙上的诗好像也很多，花也多得很，还有个“大藏”[①]，样子如塔，高至五丈，在一个大殿堂里，上面用木砌成，全是菩萨。合几个人力量转动它时，就听到一种吓人的声音，如龙吟太空。这东西中国的庙里似乎不多，非敕建大庙好像还不作兴有它的。

我船又在上一个大滩了，名为“横石”。船下行时便必须进点水，上行时若果是只大船，也极费事，但小船倒还方便，不到廿分钟就可以完事的。这时船已到了大浪里，我抱着你同四丫头的相片，若果浪把我卷去，我也得有个伴！

三三，这滩上就正有只大船碎在急浪里，我小船挨着它过去，我还看得明明白白那只船中的一切。我的船已过了危险处，你只瞧我的字就明白了。船在浪里时是两面乱摆的。如今又在上第二段滩水，拉

①即转轮藏，设于浦峰寺内。

船人得在水中弄船，支持一船的又只是手指大一根竹缆，你真不能想象这件事。可是你放心，这滩又拉上了……

我想印个选集了，[①]因为我看了一下自己的文章，说句公平话，我实在是比某些时下所谓作家高一筹的。我的工作行将超越一切而上。我的作品会比这些人的作品更传得久、播得远。我没有方法拒绝。我不骄傲，可是我的选集的印行，却可以使些读者对于我作品取精摘尤得到一个印象。你已为我抄了好些篇文章，我预备选的仅照我记忆到的，有下面几篇：

《柏子》《丈夫》《夫妇》《会明》。（全是以乡村平凡人物为主格的，写他们最人性的一面的作品）

《龙朱》《月下小景》。（全是以异族青年恋爱为主格，写他们生活中的一片，全篇贯串以透明的智慧，交织了诗情与画意的作品）

《都市一妇人》《虎雏》。（以一个性格强的人物为主格，有毒的放光的人格描写）

《黑夜》。（写革命者的一片段生活）

《爱欲》。（写故事，用天方夜谭风格写成的作品）

应当还有不少文章还可用的，但我却想至多只许选十五篇。也许我新写些，请你来选一次。我还打量作个《我为何创作》，写我如

①这是作者第一次提到印选集的想法。两年后《从文小说习作选》才由上海良友图书公司出版。

何看别人生活以及自己如何生活，如何看别人作品以及自己又如何写作品的经过。你若觉得这计划还好，就请你为我抄写《爱欲》那篇故事。这故事抄时仍然用那种绿格纸，同《柏子》差不多的。这书我估计应当有购者，同时有十万读者。

船去辰州已只有三十里路，山势也大不同了，水已较和平，山已成为一堆一堆黛色浅绿色相间的东西。两岸人家渐多，竹子也较多，且时时刻刻可以听到河边有人做船补船、敲打木头的声音。山头无雪，虽无太阳，十分寒冷，天气却明明朗朗。我还常常听到两岸小孩子哭声，同牛叫声。小船行将上个大滩，已泊近一个木筏，筏上人很多。上了这个滩后，就只差一个长长的急水，于是就到辰州了。这时已将近十二点，有鸡叫！这时正是你们吃饭的时候，我还记得到，吃饭时必有送信的来，你们一定等着我的信。可是这一面呢，积存的信可太多了。到辰州为止，似乎已有了卅张以上的信。这是一包，不是一封。你接到这一大包信时，必定不明白先从什么看起。你应得全部裁开，把它秩序弄顺，再订成个小册子来看。你不怕麻烦，就得那么做。有些专利的痴话，我以为也不妨让四妹同九妹看看，若绝对不许她们见到，就用另一纸条粘好，不宜裁剪……

船又在上一个大滩了，名为“九溪”。等等我再告你一切。

……

好厉害的水！吉人天佑，上了一半。船头全是水，白浪在船边如奔马，似乎只想攫你们的相片去，你瞧我字斜到什么样子。但我还是一手拿着你的相片，一手写字。好了，第一段已平安无事了。

小船上滩不足道，大船可太动人了。现在就有四只大船正预备上滩，所有水手皆上了岸，船后掌梢的派头如将军，拦头的赤着个膊子，船到水中不动了，一下子就跃到水中去了。我小船又在急水中了，还有些时候方可到第二段缓水处。大船有些一整天只上这样一个滩，有些到滩上弄碎了，就收拾船板到石滩上搭棚子住下。三三，这斗争，这和水的争斗，在这条河里，至少是有廿万人的！三三，我小船第二段危险又过了，等等还有第三段得上。这个滩共有九段麻烦处，故上去还需些时间。我船里已上了浪，但不妨的，这不是要远人担心的……

我昨晚上睡不着时，曾经想到了许多好像很聪明的话……今天被浪一打，现在要写却忘掉了。这时浪真大，水太急了点，船倒上得很好。今天天明朗一点，但毫无风，不能挂帆。船又上了一个滩，到一段较平和的急流中了。还有三五段。小船因拦头的不得力，已加了个临时纤手，一个老头子，白须满腮，牙齿已脱，却如古罗马人那么健壮。先时蹲到滩头大青石上，同船主讲价钱，一个要一千，一个出九百，相差的只是一分多钱，并且这钱全归我出，那船主仍然不允许多出这一百钱。但船开行后，这老头子却赶上前去自动加入拉纤了。这时船已到了第四段。

小船已完全上滩了，老头子又到船边来取钱，简直是个托尔斯太[①]！

①今译托尔斯泰，后文同。

眉毛那么浓，脸那么长，鼻子那么大，胡子那么长，一切皆同画上的托尔斯太相同。这人秀气一些，因为生长在水边，也许比那一个同时还干净些。他如今又蹲在一个石头上了。看他那数钱神气，人那么老了，还那么出力气，为一百钱大声的嚷了许久，我有个疑问在心：

“这人为什么而活下去？他想不想过为什么活下去这件事？”

不止这人不想起，我这十天来所见到的人，似乎皆并不想起这种事情的。城市中读书人也似乎不大想到过。可是，一个人不想到这一点，还能好好生存下去，很稀奇的。三三，一切生存皆为了生存，必有所爱方可生存下去。多数人爱点钱，爱吃点好东西，皆可以从从容容活下去的。这种多数人真是为生而生的。但少数人呢，却看得远一点，为民族为人类而生。这种少数人常常为一个民族的代表，生命放光，为的是他会凝聚精力使生命放光！我们皆应当莫自弃，也应当得把自己凝聚起来！

三三，我相信你比我还好些，可是你也应得有这种自信，来思索这生存得如何去好好发展！

我小船已到了一个安静的长潭中了。我看到了用鸬鹚咬鱼的渔船了，这渔船是下河少见的。这种船同这种黑色怪鸟，皆是我小时节

小船因拦头的不得力，已加了个临时纤手，一个老头子，白须满腮，牙齿已脱，却如古罗马人那么健壮。

极欢喜的东西，见了它们同见老友一样。我为它们照了个相，希望这相还可看出个大略。我的相片已照了四张，到辰州我还想把最初出门时，军队驻扎的地方照来，时间恐不大方便。我的小船正在一个长潭中滑走，天气极明朗，水静得很，且起了些风，船走得很好。只是我手却冻坏了，如果这样子再过五天，一定更不成事了的。在北方手不肿冻，到南方来却冻手，这是件可笑的事情。

我的小船已到了一个小小水村边，有母鸡生蛋的声音，有人隔河喊人的声音，两山不大而翠色迎人，有许多待修理的小船皆斜卧在岸上。有人正在一只船边敲敲打打，我知道他们是在用麻头同桐油石灰嵌进船缝里去的。一个木筏上面还有小船，正在平潭中溜着，有趣得很！我快到柏子停船的岸边了，那里小船多得很，我一定还可以看到上千的真正柏子！

我烤烤手再写。这信快可以付邮了，我希望多写些，我知道你要许多，要许多。你只看看我的信，就知道我们离开后，我的心如何还在你的身边！

手一烤就好多了。这边山头已染上了浅绿色，透露了点春天的消息，说不出它的秀。我小船只差上一个长滩，就可以用桨划到辰州了。这时已有点风，船走得更快一些。到了辰州，你的相片可以上岸玩玩，四丫头的大相却只好在箱子里了。我愿意在辰州碰到几个必须见面的人，上去时就方便些。辰州到我县里只二百八十里，或二百六或二百廿里，若坐轿三天可到，我改坐轿子。一到家，我希望就有你的信，信中有我们所照的相片！

船已在上我所说最后一个滩了，我想再休息一会会，上了这长滩，我再告你一切。我一离开你，就只想给你写信，也许你当时还应当苛刻一点，残忍一点，尽挤我写几年信，你觉得更有意思！

……

二哥

一月十八十二时卅分

历史是一条河

十八日下午二时卅分

我小船已把主要滩水全上完了，这时已到了一个如同一面镜子的潭里。山水秀丽如西湖，日头已出，两岸小山皆浅绿色。到辰州只差十里，故今天到地必很早。我照了个相，为一群拉纤人照的。现在太阳正照到我的小船舱中，光景明媚，正同你有些相似处。我因为在外边站久了一点，手已发了木，故写字也不成了。我一定得戴那双手套的，可是这同写信恰好是鱼同熊掌，不能同时得到。我不要熊掌，还是做近于吃鱼的写信吧。这信再过三四点钟就可发出，我高兴得很。记得从前为你寄快信时，那时心情真有说不出的紧处，可怜的事，这已成为过去了。现在我不怕你从我这种信中挑眼儿了，我需要你从这些无头无绪的信上，找出些我不必说的话……

我已快到地了，假若这时节是我们两个人，一同上岸去，一同进街且一同去找人，那多有趣味！我一到地见到了有点亲戚关系的人，他们第一句话，必问及你！我真想凡是有人问到你，就答复他们“在口袋里”！

三三，我因为天气太好了一点，故站在船后舱看了许久水，我心中忽然好像澈悟了一些，同时又好像从这条河中得到了许多智慧。三三，的的确确，得到了许多智慧，不是知识。我轻轻地叹息了好些次。山头夕阳极感动我，水底各色圆石也极感动我，我心中似乎毫无什么渣滓，透明烛照，对河水，对夕阳，对拉船人同船，皆那么爱着，十分温暖的爱着！我们平时不是读历史吗？一本历史书除了告我们些另一时代最笨的人相斫相杀以外有些什么？但真的历史却是一条河。从那日夜长流千古不变的水里，石头和砂子，腐了的草木，破烂的船板，使我触着平时我们所疏忽了若干年代若干人类的哀乐！我看到小小渔船，载了它的黑色鸬鹚向下流缓缓划去，看到石滩上拉船人的姿势，我皆异常感动且异常爱他们。我先前一时不还提到过这些人可怜的生、无所为的生吗？不，三三，我错了。这些人不需我们来可怜，我们应当来尊敬来爱。他们那么庄严忠实的生，却在自然上各担负自己那份命运，为自己、为儿女而活下去。不管怎么样活，却从不逃避为了活而应有的一切努力。他们在他们那份习惯生活里、命运里，也依然是哭、笑、吃、喝，对于寒暑的来临，更感觉到这四时交递的严重。三三，我不知为什么，我感动得很！我希望活得长一点，同时把生活完全发展到我自己这份工作上来。我会用我自己的力量，为所谓人生，解释得比任何人皆庄严些与透入些！三三，我看久了水，从水里的石头得到一点平时好像不能得到的东西，对于人生，对于爱憎，仿佛全然与人不同了。我觉得惆怅得很，我总像看得太深太远，对于我自己，便成为受难者了。这时节我软弱得很，因为我爱了世界，爱了人类。三三，倘若我们这时正是两人同在一处，你瞧我眼睛湿到什么样子！

三三，船已到关上了，我半点钟就会上岸的。今晚上我恐怕无时间写信了，我们当说声再见！三三，请把这信用你那体面温和眼睛多吻几次！我明天若上行，会把信留到浦市发出的。

二哥

一月十八下午四点半

这里全是船了！

我看到小小渔船，载了它的黑色鸬鹚向下流缓缓划去，看到石滩上拉船人的姿势，我皆异常感动且异常爱他们。

离辰州上行①

……今天雾大得很，故日里太阳必极其可观。我上船时带得有腊肠同面条，且有个照料我的副爷，这一行可太惬意了。

我寄北京的电是昨晚发的，一定可以这时收到。我一大堆信本想即刻付邮，但到家时局中已不能寄挂号信，故一切全托云六办理了。我的信分成两包，较小的一包是应后发一天的，也许云六一齐寄发了。

这次上行在家中我也许住三四天可以脱身，下行时过辰州，或将为这些乡亲要人留下多搁一天两天的。我发急得很，因为我应当早些见你。

我同行的副爷正在为我说他的事，等等我再告你。

二哥

十九日十点卅分

①原信缺失一页，约九百字。

虎雏印象

这时已下午两点，船只上小滩，在一条平衍河里走去，河面放宽一些，两岸山已不高，太阳甚好，照在这张纸上炫我眼睛！我很舒服。我的手已不再发肿，我的脚也不觉得怎样冷了。我听了那虎雏说了半天关于他生活过去的故事。这副爷现在还不到廿三岁，七八岁时就打死了人，独自跑出外边，做过割草人，做过土匪，做过采茶人，做过兵。他当了七年的兵，明白的事情比一个教授多多了。他打架喝酒的事情，不知有过多少次，但人却能干可爱之至。他跟了我三弟三四年，一切事皆可交给他，这真是个怪而了不起的人。他说到许多打小仗吃苦受罚的事情，皆正是任何一本书还不曾提到过的事情。他那份渊博处，以及因见多识广，对于自己观念打算铺叙的才干，使我不能不佩服他。我不是说这次旅行一定可以学许多吗？别的不提，单在这样一个人方面，给我有用的知识与智慧已够多了。

这时阳光真好。

我们本乡那方面，大哥也在昨晚上就拍发了一个无线电报回去

了，家中得到这个电后，他们不知如何快乐！这次谁也不想到我会回来的，故辰州方面许多老朋友皆十分惊异。到了家中那天，本乡人见着了我，一定更其惊奇！离家太久真不好，一切皆生疏得很，同做客一样，我说话也似乎很困难的。

我的船昨天停泊的地方就是我十五年前在辰州看柏子停船的地方，我本想照个相已赶不及，回来时一定可把我自己照成柏子一样的。

天气太好我就有点惆怅，今天的河水已极清浅，河床中大小不一的石子，历历可数，如棋子一般，较大石头上必有浅绿色蓝丝，在水中漂荡，摇曳生姿。这宽而平平的河床，以及河中东西，皆明丽不凡。两岸山树如画图，秀而有致。船在这样一条河中行走，同舱中缺少一个你，觉得太不合理了。

我想我也得睡睡才好，我昨天只睡三个钟头……

人家都说我胖了些，这话从他们口中说出我不甚相信，但从他们本人肥瘦上看来，我却十分相信。我昨天见到五个熟人，其中就只有一个天生胖子，其胖如昔，其余诸人，全似乎还不如我的。这里人说话皆大声叫喊，吃东西随便把花生橘子皮壳撒满一地，客人在家中不

他打架喝酒的事情，不知有过多少次，但人却能干可爱之至。他跟了我三弟三四年，一切事皆可交给他，这真是个怪而了不起的人。

作兴脱帽，很有趣味。

二哥

十九日下三时

到泸溪

十九日下四时廿分

我小船走得很好，上午无风，下午可有风，帆拉得满满的。河水还依然如前一信所说，很平很宽，不上什么滩，也不再见什么潭。再有十里我船可以到泸溪，船就得停泊了。天气好得很……动身时，我们最担心处是上面不安静，但如今这里的安静却令人出奇，只须从天气河流上看来，也就使人不必再担心有任何困难，会在远行人方面发生了。管领这条河面的是辰州那个戴旅长，军纪好得很，河面可以说是太安全了。在家在辰州的朋友亲戚，他们全将不许我走路，全要我多住一天两天，这可不成。我想在家中住三天，回转辰州住那一天，我想要云六大哥请客，把朋友请到新家来吃一顿。至于在家中，则打量一律不赴人的酒席。凡请我吃饭的，皆用“想陪母亲”来挡拒。这样一来当轻松一些。一切熟人皆相隔太久了，说话也无多意思，这些人某种知识也许比我的好过数倍，但我也无从去学习，因为学来也毫无用处。一切熟人生活皆与我完全不同，且仿佛皆活得比我更起劲，我同他们去玩也似乎不能再在一处玩了。家中只有妈同六弟同几个老年亲戚可以看看，在家中时，家中人一定特别快乐，我也一定特别快乐的。我就发愁要走，或走不动……

我小船已到了泸溪，时间六点多一些，天气太好，地方风景也雅多了。这里城不十分坏，码头可不像个样子，地方上下六十里皆著名码头，故商务萧条得很，只是通峒河的船峒河下游称武水，在泸溪汇入沅水，则应从此地分流。若想乘船直到我家乡，便可在此地搭船上行的。峒河来源很怪，全从悬崖石壁中流出，一下就可行船。另一支流则直经过我的家乡小城，绕城上行达到苗乡乌巢河的。

我小船已泊定，吃了两碗白面当饭，这时正有廿来只大船从上游下行，满江的橹歌，轻重急徐，各不相同又复谐和成韵。夕阳已入山，山头余剩一抹深紫，山城楼门矗立留下一个明朗的轮廓，小船上各处有人语声、小孩吵闹声、炒菜落锅声、船主问讯声。我真感动，我们若想读诗，除了到这里来别无再好地方了。这全是诗。

天黑了，我想把这信发了，故不写完。但写不完的却应当也为你看出些字句较好，因为这是从我身边来的一张纸……

你的心

十九下六时半

泸溪黄昏

十九下午七时

我似乎说过泸溪的坏话，泸溪自己却将为三三说句好话了。这黄昏，真是动人的黄昏！我的小船停泊处，是离城还有一里三分之一地方，这城恰当日落处，故这时城墙同城楼明明朗朗的轮廓，为夕阳落处的黄天衬出。满河是橹歌浮着！沿岸全是人说话的声音，黄昏里人皆只剩下一个影子，船只也只剩个影子，长堤岸上只见一堆一堆人影子移动，炒菜落锅的声音与小孩哭声杂然并陈，城中忽然的一声小锣。唉，好一个圣境！

我明天这时，必已早抵浦市了的。我还得在小船上睡那么一夜，廿一则在小客店过夜，如《月下小景》一书中所写的小旅店，廿二就在家中过夜了……

明天就到廿了，日子说快也快，说慢又慢。我今天同昨天在路上已看到许多白塔，许多就河边石上捶衣的妇人，而且还看到河边悬

崖洞中的房屋，以及架空的碾子。三三，我已到了“柏子”的小河，而且快要走到“翠翠”的家乡了！日中太阳既好，景致又复柔和不少，我念你的心也由热情而变成温柔的爱。我心中尽喊着你，有上万句话，有无数的字眼儿，一大堆微笑，一大堆吻，皆为你而储蓄在心上！我到家中见到一切人时，我一定因为想念着你，问答之间将有些痴话使人不能了解。也许别人问我：“你在北京好！”我会说：“我三三脸黑黑的，所以北京也很好！”不是这么说也还会有别的话可说，总而言之则免不了授人一点点开玩笑的机会。母亲年老了，这老人家看到我有那么一个乖而温柔的三三，同时若让这老人家知道我们如何要好，她还会更高兴的。我在辰州时，云六说：“妈还说‘晓得从文怎么样就会选到一个屋里人？同他一样的既不成，同他两样的，更不好。’可是如今可来了，好了，原来也还有既不同样也不异样的人！”家中人看到我们很好，他们的快乐是你想不出的。他们皆很爱你，你却还不曾见过他们！

三三，昨天晚上同今晚上星子新月皆很美，在船上看天空尤可观，我不管冻到什么样子，还是看了许久星子。你若今夜或每夜皆看

这黄昏，真是动人的黄昏！我的小船停泊处，是离城还有一里三分之一地方，这城恰当日落处，故这时城墙同城楼明明朗朗的轮廓，为夕阳落处的黄天衬出。满河是橹歌浮着！

到天上那颗大星子，我们就可以从这一粒星子的微光上，仿佛更近了一些。因为每夜这一粒星子，必有一时同你眼睛一样，被我瞅着不旁瞬的。三三，在你那方面，这星子也将成为我的眼睛的！

你的二哥

十九下九时

天明号音

廿下一时十分

这里已是下午一点又十分，我的船已过了有名的箱子岩，再过四点钟就会到最后一个码头了。我小船是上午七点开行的。船还未开动时，听到各船上吹天明号音，从大船起始，凡是有军队的皆一一依次吹号，吹完事后便听到有人拉移铁锚声、推篷声、喊人声。这点情形使我温习了一个日子长长的旧梦。我上来还是第一次听到天明号音。大约十四年前时节，我同许多人一样，这声音刚起头，各人就应当从热被中爬起，站在大坪中成一列点名的。现在呢，我同样被这号音又弄醒了。我想念你。三三，倘若两人一同在这小船上来为这种号音惊醒，我一定会告你许多旧事。但如今我写不完这些旧事，这太多了，太旧了，太琐碎了。你若听到过这样号音，一定也有些悟处。这种声音说起来真是又美又凄凉，我还不曾觉得有何种音乐能够与这个相提并论。

我早饭吃得很好，你放心。我似乎并不瘦，你放心。我还有三天在路上过日子，这三天之中我将吃得饱饱的，睡得足足的，使家中人见到，皆明白这是你给我一切照料的结果。我在辰州已换了件汗衣，是云六的。我墨水泼尽后又新从大哥处取来一瓶，到家后这种东西必不缺少，可是纸张只剩下一点点，倒有点惶恐，只担心到地后找寻不着这种东西。我到辰州时送了大哥一个苹果，吃完事后他把眼睛一闭："吃得吗？金山苹果！美国橘子！维他命多，合乎卫生！"三三，他那神气真妩媚得很！

你收到这信后必有四天方可再得到我的信，因为从浦市过凤凰，来回必须四天的。我还怕初到地不能为你写信，希望得你原谅。

我小船到了一个好山下了，你瞧，多美丽！我想看看这山，等等再写给你一些。

你二哥

浦市已到，一切安宁。

廿下四时廿分

到凤凰

廿二上午八时[①]

我昨天下午三点到了家中，天气很好，故一切皆觉得好。母亲好了些，但瘦得很。我来了，大家当然十分快乐。我不能发电告你，就因为这地方只能收电，无法发电。

到了家中接到你四个信，家中人因为不见我来，十分稀奇，故看了信。看了信方知道我业已回来，你瞧，多古怪。到辰州发的电，却反而比人缓到一些。你寄来的相业已见到，很不坏，四人在冰上照的，你似乎比谁都好。我这几天可不能为你写长长的信了，你明白这是无空暇时间的原因。我已见过了老上司，且同时见到了一些朋友。我在街上打了一转，印象是地方小了许多。街太小，人可太多了。走到街上去时，我真有点惊讶。

①根据前后信内容，应为廿三日。

我写这信时是在火炉边的，弟弟在身边，母亲在床上。

我大约十三方下辰州回北平，说不定比预定日子迟，此事请同杨先生说说，很抱歉。我离家太久，母亲又病得厉害，留我多住两天，把十二[①]那天母亲的生日过去再走，希望杨先生原谅。

当到大家写信，我不好意思说……

二哥

廿二

①指旧历腊月十二，即一月二十六日。

感慨之至

廿二下九时半

四点前发了个信，同时还去信告云六，要他为我拍个电报告你一切，可不知他会不会忘掉这件事。我到了这里一天半，各处是熟人，我不出门找他们，就有人来找我，故抽不出时间来详详细细告你一切事情了。我为了会见客人头也弄晕了，只有看你的信可以清醒一些。我希望你会还有三个来信的。我十三下行，就还有三个日子方能动身，若这三天无你信来，我是不快乐的。

这里一切使我感慨之至。一切皆变了，一切皆不同了，真是使我这出门过久的人很难过的事！妈病得很坏，近来虽离去危险期，但人还是瘦得很。我一时真不想离开她，但又不能不离开这老人家。我只想多陪她坐坐，但客人一来一坐又总是很久很久。我心乱得很，我很悔见到熟人，却妨碍了我同妈谈话的机会。我现在想有个办法把自己同熟人拉开，可是又无这个办法。

你想想，在这种情形下我如何办。

我见到了你的相，照得很美，故亲戚一问到你时，我必把相片给他们看。多少人皆把你看成了不得的，这为的是什么？不过为的是使妈高兴罢了。

我一上了岸，接到你的信，心就乱极了。三三，我希望你不要难过，我在十号以前会回来的。我也正想着，将来回到北京，决不会再使你面壁了！我想一切皆是我的不是，我向你认错，你原谅了我。我更得向三三认错，在信上说把你文章丢到黄河，其实并无这回事，健吾的文章同你的，皆好好的在箱子里！

这时已十点半了，家中人业已睡尽，我也得睡了。我希望这个时节你已安睡。

二哥

廿二下十时半

我想你得很！你应当还有些信来方好。

买白松糖浆二瓶当信寄。妈急于要用。

辰州下行[①]

二月一号下五时

我小船在一个两岸皆山、山半皆吊脚楼的某处过去，我想起应当为你写信了。我小船所到的地方，正是从辰州寄发一大堆信所写到的地方。上行时这些河边小屋如何感动了我，现在依然又有了机会到这种感动中来写信！这时已经快要入夜了。河边小屋在雨后屋瓦皆极黑，上面为炊烟包着浸着。远山还在雾里，同样在这条河中向上行驶的船，皆各挂了大小不等的白帆，沿河走去。有摇橹人歌声，有呐喊声。我的小船上的水手之一，已把晚饭菜煮好，只等待到了那个预定要到的站头，就抛了锚吃饭。今天从辰州开船时已七点八点，但船小而且轻，风又不大，故仍然走了八十九十里路。这小船应泊的地方名为潭口，明早便又得下最大的青浪滩了。照这样子算来，我是应当可

---

①根据原信编号，在此信前缺失五封。

以希望在八号到北平的。我也许到武昌停顿一天，把一点东西送给叔华。但我却愿意早见你们，不妨把东西从北平寄给她。这信是必须后天方能发出的，它将比我先到一天。

今早我上船时，大哥三弟皆送我到船边。船停顿的泥滩便是柏子小船停顿的泥滩，对河有白塔，河中有大小船数百，许多人皆同柏子一样，我感动得很！大哥在我小船开动以后还哑着个喉咙说："三月三人来啊，三月三人来啊！"他真希望你们来看看他经营的好看小屋，那屋在辰州地方很出色，放到青岛去时也依然是出色的。

信写到这里时我吃了一顿好饭，船停在河心买柴，吃完了饭站到外面看看，我无法形容所见的一切。总而言之，此后我再也不把北京假古画当宝贝了。

时间快要夜了，我很温柔的想着你。我还有八天方可见你，但我并不如上行时那么焦躁了。顺水行船也是使我不着慌的理由。我心很静，很温柔。

我因为在上面吃辣的太多，泻了许多天，上船来可好了。我一定瘦些了，我正希望到车上去多加点养料到身上去。我除了稍瘦一切都好，你放心。若这信比我先到，我得请求你不要睡不着觉，我至多只会慢这信一天到地的。

这次的船比上次还干净宽畅。

二哥

一日下五时卅七分

再到柳林岔

二号上午九点

这个时节我的小船已行走了五十里路，快要到美丽的柳林岔了。今天还未天亮时，船上人乘着月就下了最大最长的一个青浪滩。船在浪里过去时，只听到吼声同怒浪拍打船舷声，各处全是水，但毫不使人担心。照规矩，下行船在潭口上游有红嘴老鸦来就食，这船就不会发生任何危险。老鸦业已来过，故船上人就不在乎了。说到这老鸦时也真怪，下行船它来讨饭，把饭向空中抛去，它接着，便飞去了。它却不向上行船打麻烦。今天无风，水又极稳，故预备一夜赶到桃源。但车子不凑巧，我也许不能不在常德停一天，必得后天方能过长沙。天气阴阴的，也不很冷，也无雨无雪，坐船得这样天气，可以说是十分幸福的。我觉得一天比一天接近你了，我快乐得很！

我今天又得吃鱼，水手的鱼真不可不吃，不忍不吃。鱼卖一毛钱一斤，不买它来吃，不说打鱼人，便是鱼也会多心的。我带来了不少腊肉、腊肠，还有十筒茶叶、一百橘子。还有个牛角，从苗巫师处得到，预备送一个人的。还有圈子，应作送四丫头等的钏子。还有梨子，味道并不怎样高明，但已是“五千里外远客”的梨子。还有印花布，可以做客厅垫单用的宝物！到长沙时，我或许为你们带了些酱油来，或许还可带两对鸭绒枕心作为垫子。我在长沙应蹲个半天，还应见四五个人，希望天晴，在街上可以多见识见识。长沙一切皆不恶，市面尤其好看。

……前天晚上我在辰州戴家吃消夜，差不多把每一样菜皆来上一把辣子，上到鱼翅时，我以为这东西大约不会辣了，谁知还是有一钱以上的胡椒末在汤中。可是到后上莲子，可归我独享了。回家时已十二点钟，先回家的大哥早已睡觉了。

我小船又在下滩了，好大的水！这水又窄又急，滩下还停顿的有卅来只大船等待一一上滩。那滩下转折处的远山，多神奇的设计！我只想把你一下捉到这里来，让你一惊，我真这么想。我稀奇那些住在对岸的人，对着这种山还毫不在乎。

我这时已吃过了一顿模范早餐，我吃完了饭，水手也吃完了饭，各人在吸丝烟，船在一个艄公桨下顺流而下。这长潭，又是多么神奇的境界！我吃的是一大碗糙米饭、一碗用河水煮就的河鱼、一碗紫菜苔、一点香肠。三斤半的鲤鱼我大约吃了十二两。一个大尾巴，用茶油煎成黄色的家伙，我差不多完全吃光了。假若这样在船上半年，不必读一本书，我一定也聪明多了。河鱼味道我还缺少力量来描写它。

在岸上吃过饭后的人总懒些呆些，在船上可两样了。我在船上每次把饭吃过以后，人总非常舒服。只想讲话，只想动，只想写。六月里假若我们还可以有一个月离开北京，我以为纵不是过辰州避暑，也不妨来湖南坐坐我所坐的小船，因为单是船上这种生活，只要一天，你就会觉得其他任何麻烦皆抵消了。这河上的一切，你只需看一眼，你就会终生不忘的。等着六月再看吧，若果六月时短期离开北平不是件大事，我们就来到这河上证实一下我所说的一切吧。

今天一点儿风也不起，我的小船一个整天会在这条河上走两百里路的。今天所走的路，抵前次上行四天所走的路。你只想想这个比数，也就可以想象得出这段河流的速度了。

二哥

十二点或者还欠些

（我表已不在手边了）

过新田湾

二号十二点过些

假若你见到纸背后那个地方、那点树、石头、房子、一切的配置、那点颜色的柔和，你会大喊大叫。不瞒你，我喊了三声！可惜我身边的相匣子不能用，颜色笔又送人了，对这一切简直毫无办法。我的小船算来已走了九十里，再过相等时间，我可以到桃源了。我希望黄昏中到桃源，则可看看灯，看看这小城在灯光中的光景。还同时希望赶得及在黄昏前看桃源洞。这时一点儿风没有，天气且放了晴，薄薄的日头正照在我头上。我坐的地方是艄公脚边，他的桨把每次一推仿佛就要磕到我的头上，却永远不至于当真碰着我。河水已平，水流渐缓，两岸小山皆接连如佛珠，触目苍翠如江南的五月。竹子、松、杉，以及其他常绿树皆因一雨洗得异常干净。山谷中不知何处有鸡叫，有牛犊叫，河边有人家处，屋前后必有成畦的白菜，作浅绿色。

小埠头停船处，且常有这种白菜堆积成A字形，或相间以红萝卜。三三，我纵有笔有照相器，这里的一切颜色、一切声音，以至于由于水面的静穆所显出的调子，如何能够一下子全部捉来让你望到这一切，听到这一切，且计算着一切，我叹息了。我感到生存或生命了。三三，我这时正像上行时在辰州较下游一点点和尚洲附近，看着水流所感到的一样。我好像智慧了许多，温柔了许多。

三三，更不得了，我又到了一个新地方，艄公说这是“新田湾”。有人唤渡，渔船上则有晒帆晾网的。码头上的房子已从吊脚楼改而为砖墙式长列，再加上后面远山近山的翠绿颜色，我不知道怎么来告你了。三三，这地方同你一样，太温柔了。看到这些地方，我方明白我在一切作品上用各种赞美言语装饰到这条河流时，所说的话如何蠢笨。

我这时真有点难过，因为我已弄明白了在自然安排下我的蠢处。人类的言语太贫乏了。单是这河面修船人把麻头塞进船缝敲打的声音，在鸡声人声中如何静，你没有在场，你从任何文字上也永远体会不到的！我不原谅我的笨处，因为你得在我这支笔下多明白些，也分享些这里这时的一切！三三，正因为我无法原谅自己，我这时好像很忧愁。在先一时我以为人类是个万能的东西，看到的一切，并各种官能感到的一切，总有办法用点什么东西保留下来，我且有这种自信，我的笔是可以做到这件事情的。现在我方明白我的力量差得远。毫无可疑，我对于这条河中的一切，经过这次旅行可以多认识了一些，此后写到它时也必更动人一些。在别人看来，我必可得到“更成功”的

我坐的地方是艄公脚边，
他的桨把每次一推仿佛
就要磕到我的头上，却
永远不至于当真碰着我。
河水已平，水流渐缓，
两岸小山皆接连如佛珠，
触目苍翠如江南的五月。

谀语，但在我自己，却成为一个永远不能用骄傲心情来做自己工作的补剂那么一个人了。我明白我们的能力，比自然如何渺小，我低首了。这种心境若能长久支配我，则这次旅行，将使我在人事上更好一些……

这时节我的小船到了一个挂宝山前村，各处皆无宝贝可见。艄公却说了话：

“这山起不得火，一起火辰州也就得起火。”

我说：“哪一个山？”原来这里有无数小山。

艄公用手一挥：“这一串山！”

我笑了。他为我解释：

“因为这条山迎辰州，故起不得火。”

真是有趣的传说，我不想明白这个理由，故不再问他什么。我只想你，因为这山名为挂宝山，假若我是个艄公，前面坐了一个别的人，我告他的一定是关于你的事情！假若我不是艄公，但你这时却坐在我身旁，我凭空来凑个故事，也一定比“失火”有趣味些！

我因为这艄公只会告我这山同辰州失火有关，似乎生了点气，故钻进舱中去了。我进舱时听岸边有黄鸟叫，这鸟在青岛地方，六月里方会存在。

这次在上面所见到的情形，除了风景以外，人事却使我增加无量智慧。这里的人同城市中人相去太远，城市中人同下面都市中人又相去太远了，这种人事上的距离，使我明白了些说不分明的东西，此后关于说到军人，说到劳动者，在文章上我的观念或与往日完全不同了。

我那乡下有一样东西最值钱，又有一样东西最不值钱，我不告给你，你尽可同四丫头、九九，三人去猜，谁猜着了我回来时把她一样礼物。

我在家中时除泻以外头总有点晕，脚也有点疼，上了船，我已不泻不疼，只是还有些些儿头晕。也许我刚才风吹得太久了点，我想睡睡会好些。如果睡到晚上还不见好，便是长途行旅、车船颠簸把头脑弄坏了的缘故。这不算大事，到了北京只要有你用手摸摸也就好了。

……

我头晕得很，我想歇歇，可是船又在下滩了。

二哥

大约二点左右

重抵桃源

我小船这时就到了桃源，想不到那么快的。这时大约还不过八点钟，算算时间，昨天从八点到下六点计十个钟头，今天从上六点到下八点计十四个钟头，一共廿四个钟头便把上行的六天所走的路弄完了。若不为了过常德取你的信，我明天是就可以到长沙的。若照如此经济办法说来，则从辰州到北平，也不过只需要七天或六天的日子罢了。我的小船这时已停泊了，我今夜还在船上睡觉，明天一早就搭了汽车过常德。我估想到那旅馆可以接到你三个信，有两个信却是同一天付邮的。这信中所说的正是我要听的话，不管是骂我也行，我希望至少有一个信，在火车上方不寂寞。我要水手为我买了十个桃源鸡蛋，也许居然还可以带一个把到北京。想到我不过五天就可以见着你，我今晚上可睡不着了。我有点发慌，我知道你们这时节是在火炉边计算着我的路程的。我仿佛看着你们。我慌得很！我们不在一块儿太久了！你真万想不到我每个日子如何的过。

我今天又看了一本新书，日本人所作的，提到近代艺术的一般思潮，文章还好却也不顶好。我想这种书你一定不高兴看，但这种书能耐耐烦烦看下去，对你实在很有益处。一般人不能作论文，不是无作论文的能力，只是不会作。看了这本书，也许多少有些好处。

这里有人用废缆做火炬，一面晃着一面在河边走路，从舱口望去好看得很。

二哥

二月二日晚

尾声

沈从文致沈云六

大大[1]：

你廿三号来信五号收到，一切都明白了。这次回南，本想使妈快乐一点，想不到结果反而使妈大不快乐，见大大来信，觉得伤心。因再想同妈谈谈，也来不及了。妈生前既全得你同大嫂等服侍，丧事又全由大大主持，在这里说感谢近于客气，但事实上弟等实仍感谢之至也。丧事既了，六弟又复下行，想家中近来当极寂寞，你病好些没有？我们真极关心。我来回在路上太久，一到北京，也病倒了，幸好日来已能做事，不至于延长日子。你说三月再下辰州，计划也好，若果三月六弟得过北平，你早搬下辰州也好一些。房子半途而止，实不成事，一切还得要你主持。六弟病后性情略躁，也极自然。你如今已像父亲，大嫂即是母亲，许多事没有你哪里会弄得好？至于你担心到了辰州，恐前途困难，请你千万放心。我们生活不至于极坏，妈虽过

①大大意为“哥哥”。

去了，大大生活难道就不应当我们来负点责吗？只请你放心。关于你同大嫂生活我总来想办法，每月为你们弄来，即或六弟一时无办法，你也不会为难。你只管大胆些，我这里当为你按月弄点来。三十够不够？若不够，又多弄些。关于房子欠款，我有，也会陆续弄些来填还，因为我懂得这些钱是你用面子借来的，我们不会使你为这件事不好见人。我要告你的是此后关于你事情我总尽力。我尽力做事，尽力为你想办法，请你放心。

我在此事略忙，因为各处皆要文章，一双手当然忙不过来。加上近来还得为《国闻周报》作评论，星期天也无休息时节。我只希望我莫病，我无论如何，总得赤手空拳弄出个局面，让大大看到，会说沈家的人究竟并不蹩脚的。这里三人都好，请你同大嫂放心。

并问安佳。

二弟上

廿三年三月五日晚

（沈虎雏整理，1991年10月）

除了爱你，我没有别的愿望

chu le ai ni, wo mei you bie de yuan wang

三三

杨家碾坊在堡子外一里路的山嘴路旁。堡子位置在山湾里，溪水沿了山脚流过去，平平地流，到山嘴折湾处忽然转急，因此很早就有人利用它，在急流处筑了一座石头碾坊，这碾坊，不知什么时候起，就叫杨家碾坊了。

从碾坊往上看，看到堡子里比屋连墙，嘉树成荫，正是十分兴旺的样子。往下看，夹溪有无数山田，如堆积蒸糕，因此种田人借用水力，用大竹扎了无数水车，用椿木做成横轴同撑柱，圆圆的如一面锣，大小不等竖立在水边。这一群水车，就同一群游手好闲人一样，成日成夜不知疲倦地咿咿呀呀唱着意义含糊的歌。

从碾坊往上看，看到堡子里比屋连墙，嘉树成荫，正是十分兴旺的样子。往下看，夹溪有无数山田，如堆积蒸糕，因此种田人借用水力，用大竹扎了无数水车。

一个堡子里只有这样一座碾坊，所以凡是堡子里碾米的事都归这碾坊包办，成天有人轮流挑了仓谷来，把谷子倒进石槽里去后，抽去水闸的板，枧槽里水冲动了下面的暗轮，石磨盘带着动情的声音，即刻就转动起来了。于是主人一面谈说一件事情，一面清理簸箩筛子，到后头上包了一块白布，拿着一个长把的扫帚，追逐着磨盘，跟着打圈儿，扫除溢出槽外的谷米，再到后，谷子便成白米了。

到米碾好了，筛好了，把米糠挑走以后，主人全身是灰，常常如同一个滚入豆粉里的汤圆，然而这生活，是明明白白比堡子里许多人生活还从容，而为一堡子中人所羡慕的。

凡是到杨家碾坊碾过谷子的，皆知道杨家三三。妈妈十年前嫁给守碾坊的杨，三三五岁，爸爸就丢下碾坊同母女，什么话也不说死去了。爸爸死去后，母亲做了碾坊的主人，三三还是活在碾坊里，吃米饭同青菜、小鱼、鸡蛋过日子，生活毫无什么不同处。三三先是眼见爸爸成天全身是糠灰，到后爸爸不见了，妈妈又成天全身是糠灰……于是三三在哭里笑里慢慢地长大了。

妈妈随着碾槽转，提着小小油瓶，为碾盘的木轴铁心上油，或者很兴奋地坐在屋角拉动架上的筛子时，三三总很安静地自己坐在另一角玩。热天坐到有风凉处吹风，用苞谷杆子做小笼，冬天则伴同猫儿蹲在火桶里，剥灰煨栗子吃。或者有时候从碾米人手上得到一个芦管做成的唢呐，就学着打大傩的法师神气，屋前屋后吹着，半天还玩不厌倦。

这磨坊外屋上墙上爬满了青藤，绕屋全是葵花同枣树，疏疏树林里，常常有三三葱绿衣裳的飘忽。因为一个人在屋里玩厌了，就出来坐在废石槽上撒米头子给鸡吃，在这时，什么鸡欺侮了另一只鸡，三三就得赶逐那横蛮无理的鸡，直等到妈妈在屋后听到鸡声，代为讨情才止。

这磨坊上游有一潭，四面是大树覆荫，六月里阳光照不到水面。碾坊主人在这潭中养的有白鸭子，水里的鱼也比上下溪里特别多。照一切习惯，凡靠自己屋前的水，也算为自己财产的一份。水坝既然全为了碾坊而筑成的，一乡公约不许毒鱼下网，所以这小溪里鱼极多。遇不甚面熟的人来钓鱼，看潭边幽静，想蹲一会儿，三三见到了时，总向人说："不行，这鱼是我家潭里养的，你到下面去钓吧。"人若顽皮一点儿，听了这个话等于不听到，仍然拿着长长的竿子，搁到水面上去安闲地吸着烟管，望着这小姑娘发笑，使三三急了，三三便喊叫她的妈，高声地说："娘，娘，你瞧，有人不讲规矩钓我们的鱼，你来折断他的竿子，你快来！"娘自然是不会来干涉别人钓鱼的。

母亲就从没有照到女儿意思折断过谁的竿子，照例将说："三三，鱼多咧，让别人钓吧。鱼是会走路的，上面总爷家塘里的鱼，因为欢喜我们这里的水，都跑来了。"三三照例应当还记得夜间做梦，梦到大鱼从水里跃起来吃鸭子，听完这个话，也就没有什么可说了，只静静地看着，看这不讲规矩的人，钓了多少鱼去。她心里记着数目，回头还得告给妈妈。

有时因为鱼太大了一点儿，上了钩，拉得不合适，撇断了钓竿，三三可乐极了，仿佛娘不同自己一伙，鱼反而同自己是一伙了的神气，那时就应当轮到三三向钓鱼人咧着嘴发笑了。但三三却常常急忙跑回去，把这事告给母亲，母女两人同笑。

有时钓鱼的人是熟人，人家来钓鱼时，见到了三三，知道她的脾气，就照例不忘记问："三三，许我钓鱼吧？"三三便说："鱼是各处走动的，又不是我们养的，怎么不能钓？"

钓鱼的是熟人时，三三常常搬了小小木凳子，坐在旁边看鱼上钩，且告给这人，另一时谁个把钓竿撇断的故事。到后这熟人回磨坊时，把所得的大鱼分一些给三三家，三三看着母亲用刀剖鱼，掏出白色的鱼泡来，就放在地下用脚去踹，发声如放一枚小爆仗，听来十分快乐。鱼洗好了，揉了些盐，三三就忙取麻线来把鱼穿好，挂到太阳下去晒。等待有客时，这些干鱼同辣子炒在一个碗里待客，母亲如想到折钓竿的话，将说："这是三三的鱼。"三三就笑，心想着："怎么不是三三的鱼？潭里鱼若不是归我照管，早被看牛小孩捉完了。"

三三如一般小孩，换几回新衣，过几回节，看几回狮子龙灯，就长大了，熟人都说看到三三是在糠灰里长大的。一个堡子里的人，都愿意得到这糠灰里长大的女孩子做媳妇，因为人人都知道这媳妇的妆奁是一座石头做成的碾坊。照规矩十五岁的三三，要招郎上门也应当是时候了。但妈妈有了一点儿私心，记得一次签上的话语，不大相信媒人的话语，所以这磨坊还是只有母女二人，一时节不曾有谁添入。

三三大了，还是同小孩子一样，一切得傍着妈妈。母女两人把饭吃过后，在流水里洗了脸，眺望行将下沉的太阳，一个日子就打发走了。有时听到堡子里的锣鼓声音，或是什么人接亲，或是什么人做斋事，“娘，带我去看。”又像是命令又像是请求地说着，若无什么别的理由推辞时，娘总得答应同去。去一会儿，或停顿在什么人家喝一杯蜜茶，荷包里塞满了榛子胡桃。预备回家时，有月亮天什么也不用，就可以走回家。遇到夜色晦黑，燃了一把油柴，毕毕剥剥地响着爆着，什么也不必害怕。若到总爷家寨子里去玩时，总爷家还有长工打了灯笼火把送客，一直送到碾坊外边。只有这类事是顶有趣味的事，在雨里打灯笼走夜路，三三不能常常得到这机会，却常常梦到一人那么拿着小小红纸灯笼，在溪旁走着，好像只有鱼知道这回事。

当真说来，三三的事，鱼知道的比母亲应当还多一点儿，也是当然的。三三在母亲身旁，说的是母亲全听得懂的话，那些凡是母亲不明白的，差不多都在溪边说的。溪边除了鸭子就只有那些水里的鱼，鸭子成天自己哈哈哈地叫个不休，哪里还有耳朵听别人说话？

这个夏天，母女两人一吃了晚饭，不到日黄昏，总常常过堡子里一个人家去，陪一个行将远嫁的姑娘谈天，听一个从小寨来的人唱歌。有一天，照例又进堡子里去，却因为谈到绣花，使三三回碾坊来取样子，三三就一个人赶忙跑回碾坊来，快到屋边时，黄昏里望到溪边有两个人影子，有一个人到树下，拿着一支竿子，好像要下钓的神气，三三心想这一定是来偷鱼的，照规矩喊着：“不许钓鱼，这鱼是有主人的！”一面想走上前看是什么人。

就听到一个人说：“谁说溪里的鱼也有主人，难道溪里活水也可养鱼吗？”

另一人又说：“这是碾坊里小姑娘说着玩的。”

那先一个人就笑了。

旋即又听到第二个人说：“三三，三三，你来，你鱼都捉完了！”

三三听到人家取笑她，声音好像是熟人，心里十分不平！就冲过去，预备看是谁在此撒野，以便回头告给母亲。走过去时，才知道那第二回说话的人是总爷家管事先生，另外同一个从不见面的年轻男人，那男人手里拿的原来只是一个拐杖，不是什么钓竿。那管事先生是一个堡子里知名人物，他认得三三，三三也认识他，所以当三三走近身时，就取笑说：

“三三，怎么鱼是你家养的？你家养了多少鱼呀！”

三三见是总爷家管事先生，什么话也不说了，只低下头笑。头虽低低的，却望到那个好像从城里来的人白裤白鞋，且听到那个男子说：“女孩很聪明，很美，长得不坏。”管事的又说：“这是我堡里美人。”两人这样说着，那男子就笑了。

走过去时，才知道那第二回说话的人是总爷家管事先生，另外同一个从不见面的年轻男人，那男人手里拿的原来只是一个拐杖，不是什么钓竿。

到这时，她猜到男子是对她望着发笑！三三心想：“你笑我干吗？”又想：“你城里人只怕狗，见了狗也害怕，还笑人，真亏你不羞。”她好像这句话已说出了口，为那人听到了，故打量跑去。管事先生知道她要害羞跑了，便说：“三三，你别走，我们是来看你碾坊的。你娘呢？”

“到堡子里听小寨人唱歌去了，是不是？”

“是的。”

“你怎么不欢喜听那个？”

“你怎么知道我不欢喜？”

管事先生笑着说：“因为看你一个人回来，还以为你是听厌了那歌，担心这潭里鱼被人偷尽，所以……”

三三同管事先生说着，慢慢地把头抬起，望到那生人的脸目了，白白的脸好像在什么地方看到过，就估计莫非这人是唱戏的小生，忘了搽去脸上的粉，所以那么白……那男子见到三三不再怕人了，就问三三：

“这是你的家里吗？”

三三说：“怎么不是我家里？”

因为这答话很有趣味，那男子就说：

“你不怕水冲去吗？”

“嘿。”三三抿着小小的美丽嘴唇，狠狠地望了这陌生男子一眼，心里想：“狗来了，狗来了，你这人吓倒落到水里，水就会冲去你。”想着当真冲去的情形，一定很是好笑，就不理会这两个人笑着跑去了。

从碾坊取了花样子回向堡子走去的三三，在潭边再上游一点儿，望到那两个白色影子还在前面，不高兴又同这管事先生打麻烦，故跟到这两个人身后，慢慢地走着。听两个人说到城里什么人什么事情，听到说开河，听到说学务局要总爷办学校，因为这两人全都不知道有人在后面，所以自己觉得很有趣味。到后又听到管事先生提起碾坊，提起妈妈怎么人好，更极高兴。再到后，就听到那城里男人说：

“女孩子倒真俏皮，照你们乡下习惯，应当快放人了。”

那管事的先生笑着说：“少爷欢喜，要总爷做红叶，可以去说说。不过这碾坊是应当由姑爷管业的。”

三三轻轻地呸了一口，停顿了一下，把两个指头紧紧地塞了耳朵。但仍然听到那两人的笑声，想知道那个由城里来好像唱小生的人还说些什么，故不久就仍然跟上前去了。

那小生说些什么可听不明白，就只听那个管事先生一人说话，那管事先生说：“少爷做了碾坊主人，别的不说，成天可有新鲜鸡蛋吃，也是很值得的！”话一说完，两人又笑了。

三三这次可再不能跟上去了，就坐在溪边的石头上，脸上发着烧，十分生气。心里想：“你要我嫁你，我偏不嫁你！我家里的鸡纵成天下二十个蛋，我也不会给你一个蛋吃。”坐了一会儿，凉凉的风吹脸上，水声淙淙使她记忆到先一时估计中那男子为狗吓倒跌在溪里的情形，可又快乐了，就望到溪里水深处，一人自言自语说：“你怎么这样不中用，管事的救你，你可以喊他救你！”

到宋家时，正听宋家婶子说到一件已经说了一会儿的事情，只听到宋家妇人说：

“……他们养病倒稀奇，说是养病，日夜睡在廊下风里让风吹……脸儿白得如闺女，见了人就笑……谁说是总爷的亲戚，总爷见他那种恭敬样子，你还不见到。福音堂洋人还怕他，他要媳妇有多少！”

母亲就说：“那么他养什么病？”

“谁知道是什么病？横顺成天吃那些甜甜的药，在床上躺着，到城里是享福，到乡里也是享福。老庚说，害第三等的病，又说是痨病，说也说不清楚。谁清楚城里人那些病名字！依我想，城里人欢喜害病，所以病的名字也特别多，我们不能因害病耽搁事情，所以除打摆子就只发烧肚泻，别的名字的病，也就从不到乡下来了。”

另外一个妇人因为生过瘰疬，不大悦服宋家妇人武断的话，就说：“我不是城里人，可是也害城里人的病。”

“你舅妈是城里人！”

“舅妈关我什么事？”

“你文雅得像城里人，所以才生疡子！”

这样说着，大家全笑了。

母女两人回去时，在路上三三问母亲：“谁是白白脸庞的人？”母亲就照先前一时听人说过的话，告给三三，堡子里总爷家中，如何来了一位城里的病人，样子如何美，性情如何怪。一个乡下人，对于城中人隔膜的程度，在那些描写里是分明易见的，自然说得十分好笑。在平常某个时节，三三对于母亲在叙述中所加的批评与稍稍过分的形容，总觉得母亲说得极其俨然，十分有味，这时不知如何却不大相信这话了。

走了一会儿，三三忽问：

“娘，娘，你见到那个城里白脸人没有呢？”

妈妈说：“我怎么见到他？我这几天又不到总爷家里去。”

三三心想：“你不见到怎么说了那么半天？”

三三知道妈妈不见到的自己倒早见到了，把这件事秘密着，却十分高兴，以为只有自己明白这件事情，凡是说到城里人的都不甚可靠。

两人到潭边，三三又问：

“娘，你见到总爷家管事先生没有？”

若是娘说没有见过，反问她一句，那么，三三就预备把先前遇到总爷家那两个人的一切，都说给妈妈听了。但母亲这时正想到别一个问题，完全不关心到三三身上的事，所以三三把今天的事瞒着母亲，一个字不提。

第二天三三的母亲到堡子里去，在总爷家门前，碰到那个从城里来的白脸客人，同总爷的管事先生。那管事先生告她，说他们昨天曾到碾坊前散步，见到三三，又告给母亲说，这客人是从城里来养病的客人。到后就又告给那客人，说这个人就是碾坊的主人杨伯妈。那人说，真很同三三小姐相像。那人又说三三长得很好，很聪敏，做母亲的真福气。说了一阵话，把这老妇人说快乐了，在心中展开了一个幻想，想到自己觉得有些近于糊涂的事情，忙匆匆地回到碾坊去，望到三三痴笑。

三三不知母亲为什么今天特别乐，就问母亲到了些什么地方，遇着了谁。

母亲想应当怎么说才好，想了许久才说：

“三三，昨天你见到谁？”

三三说：“我见到谁？”

娘就笑了：“三三你记记，晚上天黑时，你不见到两个人吗？

三三以为是娘知道一切了，就忙说：“人是有两个的，一个是总爷家管事的先生，一个是生人……怎么……”

“不怎么。我告你，那个生人就是城里来的少爷，今天我见到他们，他们说已经同你认识了，所以我们说了许多话。那少爷像个姑娘样子。”母亲说到这里时，想起一件事情好笑。

三三以为妈妈是在笑她，偏过头去看土地上灶马，不理母亲。

母亲说：“他们问我要鸡蛋，你下半天送二十个去，好不好？”

三三听到说鸡蛋，打量昨天两个男人说的笑话都为母亲知道了，心里很不高兴，说道：“谁去送他们鸡蛋！娘，娘，我说……他们是坏人！”

母亲奇怪极了，问：“怎么是坏人？”

三三红了脸不愿答应，母亲说：

“三三，你说什么事？”

迟了许久，三三才说：“他们背地里要找总爷做媒，把我嫁给那个白脸人。”

母亲听到这话什么也不说，笑了好一阵。到后看到三三要跑了，才拉着三三说：“小报应，管事先生他们说笑话，这也生气吗？谁敢欺侮你？总爷是一堡子的主人，他会为你骂他们！……”

说到后来，三三也被说笑了。

她到后来就告给娘城里人如何怕狗的话，母亲听到不作声，好久以后，才说：“三三，你真还像个小丫头，什么也不懂。”

第二天，妈妈要三三送鸡蛋到总爷家去，三三不说什么，只摇头，妈妈既然答应了人家，就只好亲自送去。母亲走后，三三一个人在碾坊里玩，玩厌了又到潭边去看白鸭，看了一会儿鸭子，等候母亲还不回来，心想莫非管事先生同妈妈吵了架，或者天热到路上发了痧？……心里老不自在，回到碾坊里去。

但母亲可仍然回来了，回到碾坊一脸的笑，跨着脚如一个男子神气，坐到小凳上，告给三三如何见到那少爷，那少爷如何要她坐到那个用粗布做成的软椅子上去，摇着宕着像一个摇篮。又说到城里人说的三三如何不念书，城里女人是全念书。又说到……

三三正因为等了母亲大半天，十分不高兴，如今听母亲说到的话，莫名其妙，不愿意再听，所以不让母亲说完就走了。走到外边站在溪岸旁，望着清清的溪水，记起从前有人告诉她的话，说这水流下去，一直从山里流一百里，就流到城里了。她这时忖想……什么时候我一定也不让谁知道，就要流到城里去，一到城里就不回来了。但若果当真要流去时，她愿意那碾坊，那些鱼，那些鸭子，以及那一只花猫，同她在一处流去。同时还有她很想母亲永远和她在一处，她才能够安安静静地睡觉。

母亲不见到三三了，站在碾坊门前喊着：

“三三，三三，天气热，你脸上晒出油了，不要远走，快回来！”

三三一面走回来一面就自己轻轻地说：“三三不回来了！”

下午天气较热，倦人极了，躺到屋角竹凉床上的三三，耳中听着远处水车陆续的懒懒的声音，眯着眼睛觑母亲头上的髻子，仿佛一个瘦人的脸。越看越活，蒙蒙眬眬便睡着了。

她还似乎看到母亲包了白帕子，拿着扫帚追赶碾盘，绕屋打着圈儿，就听到有人在外面说话，提到她的名字。

只听人说：“三三到什么地方去了，怎么不出来？”

她奇怪这声音很熟，又想不起是谁的声音，赶忙走出去，站在门边打望，才望到原来又是那个白脸的人，规规矩矩坐在那儿钓鱼，过细看了一下，却看到那个钓竿，是总爷家管事先生的烟杆。

拿一根烟杆钓鱼，倒是极新鲜的事情，但身旁似乎又已经得到了许多鱼，所以三三非常奇怪，正想走去告母亲，忽然管事先生也从那边来了。

好像又是那一天的那种情景，天上全是红霞，妈妈不在家，自己回来原是忘了把鸡关到笼子里，故跑回来捉鸡的。如今碰到这两个人，管事先生同那白脸城里人，都站立在那石墩子上，轻轻地商量一件事情，这两人声音很轻，三三却听得出是一件关于不利于己的行为。因为听到说这些话，又不能嗾人走开，又不能自己走开，三三就非常着急，觉得自己的脸上也像天上的霞一样。

那个管事先生装作正经人样子说：“我们来买鸡蛋的，要多少钱把多少钱。”

那个城里人，也像唱戏小生那么把手一扬，就说：“你说错了，要多少金子把多少金子。”

三三因为人家用金子恐吓她，所以说：“可是我不卖给你，不想你的钱，你搬你家大块金子到场上去买吧。”

管事先生于是又说：“你不卖行吗？你舍不得鸡蛋为我做人情，你想想，妈妈以后写庚帖还少得了管事先生没有？”

那城里人于是又说：“向小气的人要什么鸡蛋，不如算了吧？”

三三生气似的大声说：“就算我小气也行，我把鸡蛋喂虾米，也不卖给人，因为我们不羡慕别人的金子宝贝。你同别人去说金子，恐吓别人吧。”

可是两个人还不走，三三心里就有点儿着急，很愿意来一只狗向两个人扑去，正那么打量着，忽然从家里就扑出来一条大狗，全身是白色，大声汪汪地吠着，从自己身边冲过去，即刻这两个恶人就落到水里去了。

于是溪里的水起了许多水花，起了许多大泡，管事先生露出一个光光的头在水面，那城里人则长长的头发，缠在贴近水面的柳树根上，情景十分有趣。

可是一会儿水面什么也没有了，原来那两个人在水里摸了许多鱼，全拿走了。

三三想去告给妈妈，一滑就跌下了。

刚才的事原来是做一个梦。母亲似乎是在灶房煮午饭，因为听到三三梦里说话，才赶出来的。见三三醒了，摇着她问：“三三，三三，你同谁吵闹？”

三三定了一会儿神，望妈妈笑着，什么也不说。

妈妈说：“起来看看，我今天为你焖芋头吃。你去照照镜子，脸睡得一片红！”虽然照到母亲说的，去照了镜子，还是一句话不说。人虽醒了还记到梦里一切的情景，到后来又想起母亲说的同谁吵闹的话，才反去问母亲，听到吵闹些什么话。妈妈自然是不注意这些的，所以说听不分明，三三也就不再问什么了。

直到吃饭时，妈妈还说到脸上睡得发红，所以三三就告给老人家先前做了些什么梦，母亲听来笑了半天。

第二次送鸡蛋去时，三三也去了。那时是下午，吃过饭后，两人进了总爷家的大院子。在东边偏院里看到城里来的那个客，正躺在廊下藤椅上，望到天上飞的鸽子。管事的不在家，三三认得那个男子，不大好意思上前去，就让母亲过去，自己站在月门边等候。母亲上前去时，三三又为出主意，要妈妈站在门边大声说“送鸡蛋的来了”，好让他知道。母亲自然什么都照到三三主意做去，三三听到母亲说这句话，说到第三次，才被那个白白脸庞的少爷注意到，自己就又急又笑。

三三这时是站在月门外边的，从门罅里向里面窥看，只见到那白脸人站起身来，又坐下去，正像梦里那种样子，同时就听到这个人同母亲说话，说到天气同别的事情，妈妈一面说话一面尽掉过头来望到三三所在的一边，白脸人以为她就要走去了，便说：

“老太太，你坐坐，我同你说话很好。”

妈妈于是坐下了，可是同时那白脸城里人也注意到那一面门边有一个人等候了，“谁在那里，是不是你的小姑娘？”

看到情形不好，三三就想跑，可是一回头，却望到管事先生站在身后，不知已站了多久，打量逃走自然是难办到的，到后被管事先生拉着牵进小院子来了。

听到那个人请自己坐下，听到那个人同母亲说那天在溪边见到自己的情形，三三眼望另一边，傍近母亲身旁，一句话不说。

坐了一会儿，出来了一个穿白袍戴白帽古怪装扮的女人，三三先还以为是男子，不敢细细地望，到后听到这女人说话，且看她站在城里人身旁，用一根小小管子塞进那白脸男子口里去，又抓了男子的手捏着，捏了好一会儿，拿一支好像笔的东西，在一张纸上写了些什么记号。那少爷问：“多少豆？”就听她回答说：“同昨天一样。”且因为另外一句话听到这个人笑，才晓得那是一个女人，这时似乎妈妈那一方面，也刚刚才明白这是一个女人，且听到说“多少豆”，以为奇怪，所以两人互相望到都笑了。

看着这母女生疏疏的情形，那白袍子女人也觉得好笑，就不即走开。

那白脸城里人说：“周小姐，你到这地方来一个朋友也没有，就同这个小姑娘做个朋友吧。她家有个好碾坊，在那边溪头，有一个动人的水车，前面一点儿还有一个好堰堤，你同她做朋友，就可到那儿去玩，还可以钓些鱼回来。你同她去那边林子里玩玩吧，要这小姑娘告你那些花名草名。”

这周小姐就笑着过来，拖了三三的手，想带她走去，三三想不走，望到母亲，母亲却做样子努嘴要她去，不能不走。

可是到了那一边，两人即刻就熟了。那看护把关于乡下的一切，这样那样问了她许多，她一面答着，一面想问那女人一些事情，却找不出一句可问的话，只很稀奇地望到那一顶白帽子发笑。

过后听到母亲在那边喊自己的名字，三三也不知道还应当同看护告别，还应当说些什么话，只说妈妈喊我回去，我要走了，就一个人忙忙地跑回母亲身边，同母亲走了。

母女两人回到路上走过了一个竹林，竹林里恰正当晚霞的返照，满竹林是金色的光。三三把一个空篮子戴在头上，扮作钓鱼翁的样子，同时想起总爷家养病服侍病人那个戴白帽子女人，就同妈妈说：

“娘，你看那个女人好不好？”

母亲说：“哪一个女人？”

三三好像以为这答复是母亲故意装作不明白的样子，故稍稍有点儿不高兴，向前走去了。

妈妈在后面说：“三三，你说谁？”

三三就说：“我说谁，我问你先前那个女子，你还问我！”

“我怎么知道你是说谁？你说那姑娘，脸庞红红白白的，是说她吗？”

三三才停着了脚，等着她的妈。且想起自己无道理处，悄悄地笑了。母亲赶上了三三，推着她的背：“三三，那姑娘长得体面，你说是不是？”

三三本来就觉得这人长得体面，听到妈妈先说，所以就故意说：“体面什么？人高得像一条菜瓜，也算体面！”

“人家是读过书来的，你不看过她会写字吗？”

“娘，那你明天要她拜你做干妈吧。她读过书，娘你近来只欢喜读书的。”

“嘿，你瞧你！我说读书好，你就生气。可是……你难道不欢喜读书的吗？”

“男人读书还好，女人读书讨厌咧。”

“你以为她讨厌，那我们以后讨厌她得了。”

“不，干吗说‘讨厌她得了’？你并不讨厌她！”

“那你一人讨厌她好了。”

“我也不讨厌她！”

“那是谁该讨厌她？三三，你说。”

“我说，谁也不该讨厌她。”

母亲想着这个话就笑，三三想着也笑了。

三三于是又匆匆地向前走去，因为黄昏太美了，三三不久又停顿在前面枫树下了，还要母亲也陪她坐一会儿，送那片云过去再走。母亲自然不会不答应的。两人坐在那石条子上，三三把头上的竹篾儿取下后，用手整理到头发，就又想起那个男人一样短短头发的女人。母亲说：“三三，你用围裙揩揩脸，脸上出汗了。”三三好像不听到妈妈的话，眺望另一方，她心中出奇，为什么有许多人的脸，白得像茶花。她不知不觉又把这个话同母亲说了，母亲就说，这就是他们称呼为城里人的理由，不必擦粉脸也总是很白的。

三三说：“那不好看。”母亲也说：“那自然不好看。”三三又说：“宋家的黑子姑娘才真不好看。”母亲因为到底不明白三三意思所在，所以再不敢掺言，就只貌作留神地听着，让三三自己去做结论。

三三的结论就只是故意不同母亲意见一致，可是母亲若不说话时，自己就不须结论，也闭了口，不再作声了。

另外某一天，有人从大寨里挑谷子来碾坊的，挑谷子的男人走后，留下一个女人在旁边照料一切。这女人具一种欢喜说话的性格，且不久才从六十里外一个寨上吃喜酒回来，有一肚子的故事同许多消息，得同一个人说说才舒服，所以就拿来与碾坊母女两人说。母亲因为自己有一个女儿，有些好奇的理由，专欢喜问人家到什么地方吃喜酒，看到些什么体面姑娘，看到些什么好嫁妆。她还明白，照例三三也愿意听这些故事。所以就向那个人，问了这样又问那样，要那人一五一十说出来。

三三听到这些话，却静静地坐在一旁，用耳朵听着，一句话不说，有时说的话那女人以为不是女孩子应当听的，声音较低时，三三就装作毫不注意的神气，用绳子结连环玩，实际上仍然听得清清楚楚。因为听到那些怪话，三三忍不住要笑了，却别过头去悄悄地笑，不让那个长舌妇人注意到。

到后那两个老太太，自然而然就说到总爷家中的来客，且说及那个白袍白帽的女人了。那妇人说她听说这白帽白袍女人，是用钱雇来的，雇来照料那个少爷，好几两银子一天。但她却又以为这话不十分可靠，她以为这人一定就是城里人的少奶奶，或者小姨太太。

三三妈妈的意见却同那人的恰恰相反，她以为那白袍女人，绝不是少奶奶。

那妇人就说："你怎么知道绝不是少奶奶？"

三三的妈说："怎么会是少奶奶？"

那人说："你告我些道理。"

三三的妈说："自然有道理，可是我说不出。"

那人说："你又不看到，你怎么会知道？"

三三的妈说："我怎么不看到……"

两人争着不能解决，又都不能把理由说得完全一点儿，尤其是三三的母亲，又忘记说是听到过那少爷喊叫过周小姐的话来做证据，三三却记到许多话，只是不高兴同那个妇人去说，所以三三就用别种的方法打乱了两人不能说清楚的问题。三三说："娘，莫争这些事情，帮我洗头吧，我去热水。"

到后那妇人把米碾完挑走了，把水热好了的三三，坐在小凳上一面解散头发，一面带着抱怨神气向她娘说：

"娘，你真奇怪，欢喜同那老婆子说空话。"

"我说了些什么空话？"

"人家媳妇不媳妇关你什么事？"

……

母亲想起什么事来了，抿着口痴了半天，轻轻地叹了一口气。

过几天，那个白帽白袍的女人，却同总爷家一个小女孩子到碾坊来玩了，玩了大半天，说了许多话，妈妈因为第一次有这么一个客人，所以走出走进，只想杀一只母鸡留客吃饭，但又不敢开口，所以十分为难。

三三则把客人带到溪下游一点儿有水车的地方去，玩了好一阵，在水边摘了许多金针花，回来时又取了钓竿，搬了凳子，到溪边去陪白帽子女人钓鱼。

溪里的鱼好像也知道凑趣。那女人一根钓竿，一会儿就得了四只大鲫鱼，使她十分欢喜。到后应当回去了，女人不肯拿鱼回去，母亲可不答应，一定要她拿去。并且因为白帽子女人说南瓜子好吃，就又另外取了一口袋的生瓜子，要同来的那个小女孩代为拿着。

再过几天那白脸人同总爷家管事先生，也来钓了一次鱼，又拿了许多礼物回去。

再过几天那病人却同女人在一块儿来了，来时送了一些用瓶子装的糖，还送了些别的东西，使主人不知如何措置手脚。因为不敢留这两个尊贵人吃饭，所以到两人临走时，三三母亲还捉了两只活鸡，一定要他们带回去。两人都说留到这里生蛋，用不着捉去，还不行，到后说等下一次来再杀鸡，那两只鸡才被开释放下了。

自从这两个客人到碾坊这次以后，碾坊里有点儿不同过去的样子，母女两人说话，提到“城里”的事情就渐渐多了。城里是什么样子，城里有些什么好处，两人本来全不知道。两人用总爷家的派头，同那个白脸男子、白袍女人的神气，以及平常从乡下人听来的种种，作为想象的根据，模拟到城里的一切景况，都以为城里是那么一种样子：一座极大的用石头垒就的城，这城里就有许多好房子，每一栋好房子里面住了一个老爷同一群少爷，每一个人家都有许多成天穿了花绸衣服的女人，装扮得同新娘子一样，坐在家中房里，什么事也不必做。每一个人家，房子里一定都有许多跟班同丫头，跟班的坐在大门前接客人的名片，丫头便为老爷剥莲心去燕窝的毛。城里一定有很多条大街，街上全是车马，城里有洋人，脚杆直直的，就在这类大街上走来走去。城里还有大衙门，许多官如包龙图一样，威风凛凛，一天审案到夜，夜了还得点了灯审案。城里还有铺子，卖的是各样稀奇古怪的东西。城里一定还有许多庙，庙里成天有人唱戏，成天也有人看戏，看戏的全是坐在一条板凳上，一面看戏一面剥黑瓜子。

这些情形自然都是实在的。这想象中的都市，像一个故事一样动人，保留在母女两人心上，却永远不使两人痛苦。她们在自己习惯中得到幸福，却又从幻想中得到快乐，所以若说过去的生活是很好的，那到后来可说是更好了。

但是，从另外一些记忆上，三三的妈妈却另外还想起了一些事情，因此有好几回同三三说话到城里时，却忽然又住了口不说下去。三三询问这是什么意思，母亲就笑着，仿佛意思就只是想笑一会儿，什么别的意思也没有。

三三可看得出母亲笑中有原因，但总没有方法知道这另外原因是件什么事情。或者是妈妈预备要搬进城里，或者是做梦到过城里，或者是因为三三长大了，背影子已像一个新娘子了，妈妈惊讶着，这些躲在老人家心上一角儿的事可多着哪。三三自己也常常发笑，且不让母亲知道那个理由，每次到溪边玩，听母亲喊“三三你回来吧”，三三一面走一面总轻轻地说：“三三不回来了，三三永不回来了。”为什么说不回来，不回来又到些什么地方来落脚，三三不曾认真打量过。

有时候两人都说到前一晚上梦中去过的城里，看到大衙门大庙的情形，三三总以为母亲到的是一个城里，她自己所到又是一个城里。

城里自然有许多，同寨子差不多一样，这个三三老早就想到了的。三三所到的城里一定比母亲所到的还远一点儿，因为母亲凡是梦到城里时，总以为同总爷家那堡子差不多，只不过大了一点儿，却并不很大。三三因为听到那白帽子女人说过，一个城里看护至少就有两百，所以她梦到的就是两百个白帽子人的城里！

妈妈每次进寨子送鸡蛋去，总说他们问三三，要三三去玩，三三却怪母亲不为她梳头。但有时头上辫子很好，却又说应当换干净衣服才去。一切都好了，三三却常常临时又忽然不愿意去了。母亲自然是不强着三三的，但有几次母亲有点儿不高兴了，三三先说不去，到后又去，去到那里，两人是都很快乐的。

人虽不去大寨，等待妈妈回来时，三三总很愿意听听说到那一面的事情。母亲一面说，一面注意三三的眼睛，这老人家懂得到三三心事。她自己以为十分懂得三三，所以有时话说得也稍多了一点儿，譬如关于白帽子女人如何照料白脸男子那一类事，母亲说时总十分温柔，同时看三三的眼睛，也照样十分温柔。于是，这母亲，忽然又想到了远远的什么一件事，不再说下去，三三也想到了另外一件事，不必妈妈说话了，这母女二人就沉默了。

总爷家管事，有次过碾坊来了，来时三三已出到外边往下溪水车边采金针花去了。三三回碾坊时，望到母亲同那个管事先生商量什么似的在那里谈话，管事一见到三三，就笑着什么也不说。三三望望母亲的脸，从母亲脸上颜色，也看出像有些什么事，很有点儿凑巧。

那管事先生见到三三就说："三三，我问你，怎么不到堡子里去玩，有人等你！"

三三望到自己手上那一把黄花，头也不抬说："谁也不等我。"

管事先生说："你的朋友等你。"

"没有人是我的朋友。"

"一定有人！"

"你说有就有吧。"

"你今年几岁，是不是属龙的？"

三三对这个谈话觉得有点儿古怪，就对妈妈看着，不即作答。

管事先生却说："你不说我也知道，你妈妈还刚刚告我，四月十七，你看对不对？"

三三心想，四月十七五月十八你都管不着，我又不稀罕你为我拜寿。但因为听说是妈妈告的，三三就奇怪，为什么母亲同别人谈这些话。她就对母亲把小小嘴唇扁了一下，怪着她不该同人说起这些，本来折的花应送给母亲，也不高兴了，就把花放在休息着的碾盘旁，跑出到溪边，拾石子打飘飘梭去了。

不到一会儿，听到母亲送那管事先生出来了，三三赶忙用背对着大路，装着眺望溪对岸那一边牛打架的样子，好让管事先生走去。管事先生见三三在水边，却停顿到路上，喊三姑娘，喊了好几声，三三还故意不理会，又才听到那管事先生笑着走了。

管事先生走后，母亲说："三三，进屋里来，我同你说话。"

三三还是装作不听到，并不回头，也不作答。因为她似乎听到那个管事先生，临走时还说："三三你还得请我喝酒。"这喝酒意思，她是懂得到的，所以不知为什么，今天却十分不高兴这个人。同时因为这个人同母亲一定还说了许多话，所以这时对母亲也似乎不高兴了。

到了晚上，母亲因为见三三不大说话，与平时完全不同了，母亲说："三三，怎么，是不是生谁的气？"

三三口上轻轻地说："没有。"心里却想哭一会儿。

过两天，三三又似乎仍然同母亲讲和了，把一切事都忘掉了，可是再也不提到大寨里去玩，再也不提醒母亲送鸡蛋给人了，同时母亲那一面，似乎也因为了一件事情，不大同三三提到城里的什么，不说是应当送鸡蛋到大寨去了。

日子慢慢地过着，许多人家田堤的新稻，为了好的日头同恰当的雨水，长出的禾穗全垂了头。有些人家的新谷已上了仓，有些人家摘着早熟的禾线，舂出新米各处送人尝新了。

因为寨子里那家嫁女的好日子快到了，搭了信来接母女两人过去陪新娘子，母亲正新给三三缝了一件葱绿布围裙，故要三三去住两天。三三没有什么理由可以说不去，所以母女两人就带了些礼物到寨子里来了。到了那个嫁女的家里，因为一乡的风气，在女人未出阁以前，有展览妆奁的习惯，一寨子的女人皆可来看，所以就见到了那个白帽子的女人。她因为在乡下除了照料病人就无什么事情可做，所以一个月来在乡下就成天同乡下女人玩玩，如今随了别的女人来看嫁妆，所以就碰到了这母女两人。

一见面，这白帽子女人便用城里人的规矩，怪三三母亲，问为什么多久不到总爷家里来看他们，又问三三为什么忘了她，这母女两人自然什么也不好说，只按照到一个乡下人的方法，望到略显得黄瘦了的白帽子女人笑着。后来这白帽子的女人就告给三三妈妈，说病人的病还不什么好，城里医生来了一次，以为秋天还要换换地方，预备八月里就回城去，再要到一个顶远的有海的地方养息。因为不久就要走了，所以她自己同病人，都很想念母女两人，同那个小小碾坊。

这白帽子女人又说曾托过人带信要她们来玩的，不知为什么她们不来。又说她很想再来碾坊那小潭边钓鱼，可是又因为天气热了一点儿。

这白帽子女人，望到三三的新围裙，就说：

“三三，你这个围腰真美，妈妈自己做的是不是？”

三三却因为这女人一个月以来脸晒红多了，就望着这个人的红脸好笑。

母亲说：“我们乡下人，要什么讲究东西，只要穿得上身就好了。”因为母亲的话不大实在，三三就轻轻地接下去说：“可是改了三次。”

那白帽子女人听到这个话，向母女笑着：“老太太你真有福气，做你女儿的也真有福气。”

“这算福气吗？我们乡下人哪里比得城里人好？”

因为有两个人正抬了一盒礼过去，三三追了过去想看看是什么时，白帽子女人望着三三的背影：“老太太，你三姑娘陪嫁的，一定比这家还多。”

母亲也望那一方说：“我们是穷人，姑娘嫁不出去的。”

这些话三三都听到，所以看完了那一抬礼，还不即过来。

说了一阵话，白帽子女人想邀母女两人到总爷家去看看病人，母亲看到三三有点儿不高兴，同时且想起是空手，乡下人照例又不好意思空手进人家大门，所以就答应过两天再去。

又过了几天，母女二人在碾坊，因为谈到新娘子敷水粉的事情，想起白帽子女人的脸，一到乡下后就晒红了许多的情形，且想起那天曾答应人家的话了，故妈妈问三三，什么时候高兴去寨子里总爷家看“城里人”，三三先是说不高兴，到后又想了一下，去也不什么要紧，就答应母亲，不拘哪一天去都行。既然不拘什么时候，那么，自然第二天就可以去了。

因为记起那白帽子女人说的话，很想来碾坊玩，所以三三要母亲早上同去，好就便邀客来，到了晚上再由三三送客回去。母亲则因为想到前次送那两只鸡，客答应了下次来吃，所以还预备早早地回来，好杀鸡款客。

一早上，母女两人就提了一篮鸡蛋，向大寨走去。过桥，过竹林，过小小山坡，道旁露水还湿湿的，金铃子像敲钟一样，叮叮地从草里发出声音来，喜鹊喳喳地叫着从头上飞过去。母亲走在三三的后面，看到三三苗条如一根笋子，拿着棍儿一面走一面打道旁的草，记起从前总爷家管事先生问过她的话，不知道究竟是些什么意思。又想到几天以前，白帽子女人说及的话，就觉得这些从三三日益长大快要发生的事，不知还有许多。

她零零碎碎就记起一些属于别人的印象来了……一顶凤冠，用珠子穿好的，搁到谁的头上？二十抬贺礼，金锁金鱼，这是谁？……床上撒满了花，同百果莲子枣子，这是谁？……四个奶妈还说不合适，这是谁？……那三三是不是城里人？……

若不是滑了一下，向前一蹿，这梦还不知如何放肆做下去。

因为听到妈妈口上连作呸呸，三三才回过头来："娘，你怎么，想些什么，差点儿把鸡蛋篮子也摔了。你想些什么？"

"我想我老了，不能进城去看世界了。"

"你难道欢喜城里吗？"

"你将来一定是要到城里去的！"

"怎么一定？我偏不上城里去！"

"那自然好极了。"

两人又走着，三三忽然又说："娘，娘，为什么你说我要到城里去？"

母亲忙说："你不去城里，我也不去城里。城里天生是为城里人预备的，我们自然有我们的碾坊，不会离开。"

不到一会儿，就望到大寨那门楼了，总爷家在大寨南方，门前有许多大榆树和梧桐树，两人进了寨门向南走，快要走到时，就望到些榆树下面，有许多人站立，好像看热闹似的，其中还有一些人，忙手忙脚地搬移一些东西，看情形好像是总爷家发生了什么事情，或者来了远客，或者还有别的原因，所以母女两人也不什么出奇，仍然慢慢地走过去。三三一面走一面说："莫非是衙门的官来了？娘，我在这里等你，你先过去看看吧。"妈妈随随便便答应着，心里觉得有点儿蹊跷，就把篮子放下要三三等着，自己赶上前去了。

这时恰巧有个妇人抱了自己孩子向北走，预备回家去，看到三三了，就问："三三，怎么你这样早，有些什么事？"但同时却看到了三三篮里的鸡蛋了，"三三，你送谁的礼呢？"

三三说："随便带来的。"因为不想同这人说别的话，故低下头去，用手盘弄那个盘云的葱绿围腰扣子。

那妇人又说："你妈呢？"

三三还是低着头用手向南方指着："过那边去了。"

那女人说："那边死了人。"

"是谁死了？"

"就是上个月从城中搬来在总爷家养病的少爷，只说是病，前一些日还常常同管事先生出外面玩，谁知就死了！"

三三听到这个，心里一跳，心想，难道是真话吗？

这时，母亲从那边也知道消息了，匆匆忙忙地跑回来，脸儿白白的，到了三三跟前，什么话也不说，拉着三三就走，好像是告三三，又像是自言自语地说："就死了，就死了，真不像会死！"

但三三却立定了，三三问："娘，那白脸先生死了吗？"

"都说是死了的。"

"我们难道就回去吗？"

母亲想想，真的，难道就回去？

因此母女两人又商量了一下，还是到总爷家去看看，知道究竟是些什么原因，三三且想见见那白帽子女人，找到白帽子女人一切就明白了，但一走进总爷家门边，望到许多人站在那里，大门却敞敞地开着，两人又像怕人家知道他们是来送礼的，不敢进去。在那里就听到许多人说到这个白脸人的一切，说到那个白帽子女人，称呼她为病人的媳妇，又说到别的，都显然证明这些人并不同这两个城里人有什么熟识。

三三脸白白地拉着妈妈的衣角，低声地说"走"，两人就走了。

……

到了磨坊，因为有人挑了谷子来在等着碾米，母亲提着蛋篮子进去了，三三站立溪边，眼望一泓碧流，心里好像掉了什么东西，极力去记忆这失去的东西的名称，却数不出。

两人进了寨门向南走，快要走到时，就望到些榆树下面，有许多人站立，好像看热闹似的，其中还有一些人，忙手忙脚地搬移一些东西，看情形好像是总爷家发生了什么事情。

母亲想起三三了，在里面喊着三三的名字，三三说：“娘，我在看虾米呢。”

“来把鸡蛋放到坛子里去，虾米在溪里可以成天看！”因为母亲那么说着，三三只好进去了。磨盘正开始在转动，母亲各处找寻油瓶，三三知道那个油瓶挂在门背后，却不作声，尽母亲各处去找。三三望着那篮子就蹲到地下去数着那篮里的鸡蛋，数了半天，后来碾米的人，问为什么那么早拿鸡蛋往别处去送谁，三三好像不曾听到这个话，站起身来又跑出去了。

起8月5日，讫9月17日（青岛）[①]

①本篇发表于1931年9月15日《文艺月刊》第2卷第9号。署名沈从文。

贵生

贵生在溪沟边磨他那把镰刀，锋口磨得亮堂堂的。手试一试刀锋后，又向水里随意砍了几下。秋天来溪水清个透亮，活活地流，许多小虾子脚攀着一根草，在浅水里游荡，有时又躬着个身子一弹，远远地弹去，好像很快乐。贵生看到这个也很快乐。天气极好，正是城市里风雅人所说“秋高气爽”的季节，贵生的镰刀如用得其法，也就可以过一个有鱼有肉的好冬天。秋天来，遍山土坎上芭茅草开着白花，在微风里轻轻地摇，都仿佛向人招手似的说：“来，割我，有力气的大哥，趁天气好磨快了你的刀，快来割我，挑进城里去，八百钱一担，换半斤盐好，换一斤肉也好，随你的意！”贵生知道这些好处。并且知道五担草就能够换个猪头，揉四两盐腌起来，十天半月后，那对猪耳朵，也够下酒两三次！一个月前打谷子时，各家田里放水，人人用鸡笼在田里罩肥鲤鱼，贵生却磨快了他的镰刀，点上火把，半夜里一个人在溪沟里砍了十来条大鲤鱼，全用盐揉了，挂在灶头用柴烟熏得干干的。现在磨刀，就准备割草，挑上城去换年货，正像俗

话说的：两手一肩，快乐神仙。村子里住的人，因几年来城里东西样样贵，生活已大不如从前。可是一个单身汉子，年富力强，遇事肯动手，平时又不胡来乱为，过日子总还容易。

贵生住的地方离大城二十里，离张五老爷围子两三里。五老爷是当地财主员外，近边山坡田地大部分归五老爷管业，所以做田种地的人都和五老爷有点儿关系。五老爷要贵生做长工，贵生以为做长工不是住围子就得守山，行动受管束，不愿意。自己用镰刀砍竹子，剥树皮，搬石头，在一个小土坡下，去溪水不远处，借五老爷土地砌了一幢小房子，帮五老爷看守两个种桐子的山坡，作为借地住家的交换。住下来砍柴割草为生。春秋二季农事当忙时，有人要短工帮忙，他邻近五里无处不去帮忙（食量抵两个人，气力也抵两个人）。逢年过节村子里头行人捐钱扎龙灯上城去比赛，他必在龙头前斗宝，把个红布绣球舞得一团火似的，受人喝彩。春秋二季答谢土地，村中人合伙唱戏，他扮王大娘补缸匠，卖柴耙的程咬金。他欢喜喝一杯酒，可不同人酗酒打架。他会下盘棋，可不像许多人那样变成棋迷。间或也说句笑话，可从不用口角伤人。为人稍微有点子憨劲，可不至于出傻相。虽是个干穷人，可穷得极硬朗自重。有时到围子里去，五老爷送他一件衣服，一条裤子或半

贵生在溪沟边磨他那把镰刀，锋口磨得亮堂堂的。手试一试刀锋后，又向水里随意砍了几下。

斤盐，白受人财物他心中不安，必在另外一时带点儿东西去补偿。他常常进城去卖柴卖草，就把钱换点儿应用东西。城里住有个五十岁的老舅舅，给大户人家做厨子，不常往来，两人倒很要好。进城看望舅舅时，他照例带点儿礼物，不是一袋胡桃，一袋栗子，就是一只山上装套捕住的黄鼠狼，或是一只野鸡。到城里有时住在舅舅处，那舅舅晚上无事，必带他上河沿天后宫去看夜戏，消夜时还请他吃一碗牛肉面。

在乡下，远近几里村子上的人，都和他相熟，都欢喜他。他却乐意到离住处不远的桥头一个小生意人的铺子里去。那开杂货铺的老板是沅水中游浦市人，本来飘乡做生意，每月一次挑货物各个村子里去和乡下人做买卖，吃的用的全卖。到后来看中了那个桥头，知道官路上往来人多，与其从城里打了货四乡跑，还不如在桥头安个家，一面做各乡生意，一面搭个亭子给过路人歇脚，就近做过路人买卖。因此就在桥头安了家。住处一定，把老婆和一个十三岁的小女孩也接来了。浦市人本来为人和气，加之几年来与附近各村子各大围子都有往来，如今来在桥头开铺子，生意发达是很自然的。那老婆照浦市人中年妇女打扮，头上长年裹一块长长的黑色绉绸首帕，把眉毛拔得细细的。一张口甜甜的，见男的必称大哥，女的称嫂子，待人特别殷勤。因此不到半年，桥头铺子不特成为乡下人买东西地方，并且也成为乡下人谈天歇憩地方了。夏天桥头有三株大青树，特别凉爽，无事躺到树下睡睡，风吹得一身舒泰。冬天铺子里土地上烧的是大树根和油枯饼，火光熊熊——真可谓无往不宜。

贵生和铺子里人大小都合得来，手脚又勤快，几年来，那杂货铺老板娘待他很好，他对那个女儿也很好。山上多的是野生瓜果，栗子、榛子不出奇，三月里他给她摘大莓，六月里送她地枇杷，八九月里还有出名当地、样子像干海参、瓤白如玉如雪的八月瓜，尤其逗那女孩子欢喜。女孩子名叫金凤。那老板娘一年前因为回浦市去吃喜酒，害蛇钻心病死掉了，随后杂货铺补充了个毛伙，全身无毛病，只因为性情活跳，取名叫作“癞子”。

贵生不知为什么总不大欢喜那癞子，两人谈话常常顶板，癞子却老是对他嘻嘻笑。贵生说：“癞子，你若在城里，你是流氓；你若在书上，你是奸臣。”癞子还对他笑。贵生不欢喜癞子，那原因谁也不明白，杂货铺老板倒知道，因为贵生怕癞子招郎上门，从帮手改成驸马。

贵生其时正在溪水边想癞子会不会做“卖油郎”，围子里有人搭口信来，说五爷要贵生去看看南山坡的桐子熟了没有，看过后去围子里回话。

贵生听了信，即刻去山上看桐子。

贵生上了山，山上泥土松松的。树根蓬草间，到处有秋虫鸣叫。一下脚，大而黑的油蛐蛐，小头尖尾的金铃子各处乱蹦。几个山头看了一下，只见每株树枝都被饱满坚实的桐木油果压得弯弯的，好些已落了地，山脚草里到处都是。因为一个土塍上有一片长藤，上面结了许多颜色乌黑的东西，一群山喜鹊喳喳地叫着，知道八月瓜已成熟了，赶忙跑过去。山喜鹊见人来就飞散了。贵生把藤上八月瓜全摘下来，装了半斗笠，带回去打量捎给桥头金凤吃。

贵生看过桐子回到家里，晚半天天气还早，就往围子去禀告五爷。

到围子时，见院子里搁了一顶轿子，几个脚夫正闭着眼蹲在石碌碡上吸旱烟管。贵生一看知道城里来了人，转身往仓房去找鸭毛伯伯。鸭毛伯伯是五老爷围子里的老长工，每天坐在仓房边打草鞋。仓房不见人，又转往厨房去，才见着鸭毛伯伯正在小桌边同几个城里来的年轻伙子坐席，用大提子从黑色瓮缸里舀取烧酒，煎干鱼下酒。见贵生来就邀他坐下，参加他们的吃喝。原来新到围子的是四爷，刚从河南任上回城，赶来看五爷，过几天又得往河南去。几个人正谈到五爷和四爷在任上种种有趣的故事。

一个从城里来的小秃头，老军务神气，一面笑一面说：

“人说我们四老爷实缺骑兵旅长是他自己玩掉的。一个人爱玩，衣禄上有一笔账目，不玩见阎王销不了账，死后下一生还是玩。上年军队扎在汝南，一个月他玩了八个，把那地方尖子货全用过了，还说：‘这是什么鬼地方，女人都是尿脬做成的，要不得。一身白得像灰面，松塌塌的，一点儿无意思，还装模作态，这样那样。’你猜猜他花多少钱？四十块一夜，除王八外快不算数。你说，年轻人出外胡闹不得，我问你，你我哥子们想胡闹，成不成？一个月七块六，伙食三块三除外还剩多少？不剃头，不缝衣，留下钱来一年还不够玩一次，我的伯伯，你就让我胡闹，我从哪里闹起！”

另一高个儿将爷说：

“五爷人倒好，这门路不像四爷乱花钱。玩也玩得有分寸，一百八十随手撒，总还定个数目。”

鸭毛伯伯说：

“牛肉炒韭菜，各人心里爱。我们五爷花姑娘弄不了他的钱，花骨头可迷住了他。往年同老太太在城里住，一夜输二万八，头家跟五爷上门来取话。老太太爱面子，怕五爷丢丑，以后见不得人，临时要我们从窖里挖银子，元宝一对一对刨出来，点数给头家。还清了债，笑着向五爷说：‘上当学乖，下不为例。手气不好，莫下注给人当活元宝啃，说张家出报应！’”

“别人说老太太是怄气病死的。”

“可不是！花三万块钱挣了一个大面子，再有涵养也不能不心疼！明明白白五爷上了人的当，哑子吃黄连，怎不生气？一包气闷在心中，病了四十天，完了，死了。”

“可是五爷为人有孝心，老太太死时，他办丧事做了七七四十九天道场，花了一万六千块钱，谁不知道这件事！都说老太太心好命好，活时享受不尽，死后还带了万千元宝锞子，四十个丫头老妈子照管箱笼，服侍她老人家一路往西天，热闹得比段老太太出丧还人多，执事挽联一里路长。有个孝子尽孝，死而无憾。”

鸭毛伯伯说：

“五爷怕人笑话，所以做面子给人看。因为老太太生前爱面子，五爷又是过房的，一过来就接收偌大一笔产业。老太太如今归天了，五爷花钱再多也应该。花了钱，不特老太太有面子，五爷也有面子。人都以为五爷傻，他才真不傻！若不是花骨头迷心，他有什么可愁的！”

“不多久，在城里听说又输了五千。后来想冲一冲晦气，要在潇湘馆给那南花湘妃挂衣，六百块钱包办一切，还是四爷帮他同那老婊子办好交涉的。不知为什么，五爷自己临时又变卦，去美孚洋行打那三抬一的字牌，一夜又输八百。六百给那‘花王’开苞他不干，倒花八百去熬一夜，坐一夜三顶拐轿子，完事时让人开玩笑说：‘谢谢五爷送礼。’真气坏了四爷。”

“花脚狗不是白面猫，这些人都各有各的脾气。银子到手哗啦哗啦花，你说莫花，这哪成！这些人一事不做偏偏就有钱，钱财像命里带来的。命里注定它要来，门板挡不住；命里注定它要去，索子链子缚不住。王皮匠捡了锭银子，睡时搂在怀里睡，醒来银子变泥巴。你说怪不怪？你我是穷人，和什么都无缘，就只和酒有点儿缘分。我们喝完了这碗酒，再喝一碗吧。贵生，同我们喝一碗，都是哥子弟兄，不要拘拘泥泥。”

贵生不想喝酒，捧了一大包板栗子，到灶边去，把栗子放在热灰里煨栗子吃。且告给鸭毛伯伯，五爷要他上山看桐子，今年桐子特别好，这三天就是白露，要打桐子也是时候了。哪一天打，定下日子，他好去帮忙。看五爷还有不有话吩咐，无话吩咐，他回家了。

鸭毛伯伯去见五爷禀白：“溪口的贵生已经看过了桐子，山向阳，今年霜降又早，桐子全熟了，要捡桐子差不多了。贵生看五爷还有什么话吩咐。”

五爷正同城里来的四爷谈卜术相术，说到城里中街一个杨半痴，如何用哲学眼光推人流年吉凶和命根贵贱，信口开河，连福音堂洋人也佩服得了不得。五爷说得眉飞色舞，听说贵生来了，就要鸭毛叫贵生进来有话说。

贵生进院子里时，担心把五爷地板弄脏，赶忙脱了草鞋，赤着脚去见五爷。

五爷说：“贵生，你看过了我们南山桐子吗？今年桐子好得很，城里油行涨了价，挂牌二十二两三钱，上海汉口洋行都大进。报上说欧洲整顿海军，预备世界大战，买桐油油大战舰，要的油多。洋毛子欢喜充面子，不管国家穷富，军备总不愿落人后。仗让他们打，我们中国可以大发洋财！”

贵生一点儿不懂五爷说话的意思，只是带着一点儿敬畏之忱站在堂屋角上。

鸭毛伯伯说：“五爷，我们什么时候打桐子？”

五爷笑着：“要发洋财得赶快，外国人既然等着我们中国桐油油船打仗，还不赶快一点儿？明天打后天打都好。我要自己去看看，就便和四爷打两只小毛兔玩。贵生，今年山上兔子多不多？趁天气好，明天去吧。”

贵生说：“五爷，您老说明天就明天，我家里烧了茶水，等五爷、四爷累了歇个脚。没有事我就走了。”

五爷说：“你回去吧。鸭毛，送他一斤盐、两斤片糖，让他回家。”

贵生谢了谢五爷，正转身想走出去，四爷忽插口说：“贵生，你成了亲没有？”一句话把贵生问得不知如何回答，望着这退职军官私欲过度的瘦脸，把头摇着，只是好笑。他心中想起几句流行的话语：“婆娘婆娘，磨人大王，磨到三年，嘴尖尾巴长。”

鸭毛接口说：“我们劝他看一门亲事，他怕被人迷住了，不敢办这件事。”

四爷说：“贵生，你怕什么？女人有什么可怕？你那样子也不是怕老婆的。我和你说，看中了什么人，尽管把她弄进屋里来。家里有个婆娘，对你有好处，你不明白？尽管试试看，不用怕。”

贵生因为记起刚才在厨房里几个人的谈话，所以轻轻地说：“一个人有一个人的衣禄，勉强不来。”随即同鸭毛走了。

四爷向五爷笑着说：“五爷，贵生相貌不错，你说是不是？”

五爷说：“一个大憨子，讨老婆进屋，我恐怕他还不会和老婆做戏！”

贵生拿了糖和盐回家，绕了点儿路过桥头杂货铺去看看。到桥头才知道当家的已进城办货去了，只剩下金凤坐在酒坛边纳鞋底，见了贵生，很有情致地含着笑看了他一眼，表示欢迎。贵生有点儿不大自然，站在柜前摸出烟管打火镰吸烟，借此表示从容：“当家的快回来了？”

金凤说：“贵生，你也上城了吧，手里拿的是什么？”

“一斤盐，两斤糖，五老爷送我的。我到围子里去告他们打桐子。”

“你五老爷待人可好？”

“城里四老爷也来了，还说明天要来山上打兔子。”贵生想起四爷先前说的一番话，咕咕地笑将起来。

金凤不知什么好笑，问贵生：“四爷是个什么样人物？”

“一个大军官，听说做过军长、司令官。一生就是欢喜玩，把官也玩掉了。”

“有钱的总是这样过日子，做官的和开铺子的都一样。我们浦市源昌老板，十个大木簰从洪江放到桃源县，一个夜里这些木簰就完了。”

贵生知道这是个老故事，所以说：“都是女人。”

金凤脸绯红，向贵生瞅着，表示抗议：“怎么，都是女人！你见过多少女人！女人也有好有坏，和你们男子一样，不可一概而论！”

“我不是说你！”

“你们男子才真坏！什么四老爷、五老爷，有钱都是大王，糟蹋人，不当数。”

其时，正有三个过路人，过了桥头到铺子前草棚下，把担子从肩上卸下来，取火吸烟，看有什么东西可吃。买了一碗酒，三人共同用苞谷花下酒。贵生预备把话和金凤接下去，不知如何说好。三个人不即走路，他就到桥下去洗手洗脚。过一阵走上来时，见三人正预备动身，其中一个顶年轻的，打扮得像个玩家，很多情似的，向金凤瞟着个眼睛，只是笑。掏钱时故意露出衣下扣花抱肚上那条大银链子，并且自言自语说："银子千千万，难买一颗心。易求无价宝，难得有情郎。"话是有意说给金凤听的。三人走后，金凤低下头坐在酒坛上出神，一句话不说。贵生想把先前未完的话接续说下去，无从开口。

到后看天气很好，方说："金凤，你要栗子，这几天山上油板栗全爆了口。我前天装了个套机，早上去看，一只松鼠正拱起个身子，在那木板上嚼栗子吃，见我来了不慌不忙地一溜跑去，真好笑。你明天去捡栗子吧，地下多的是！"

金凤不搭理他，依然为刚才过路客人几句轻薄话生气。贵生不大明白，于是又说："你记不记得，有一年在我沙地上偷栗子，不是跑得快，我会打断你的手！"

金凤说："我记得我不跑。我不怕你！"

贵生说："你不怕我，我也不怕你！"

金凤笑着："现在你怕我……"

贵生好像懂得金凤话中的意思，向金凤眯眯笑，心里回答说："我一定不怕。"

毛伙割了一大担草回来了，一见贵生就叫唤："贵生，你不说上山割草吗？"

金凤不知什么好笑，问贵生："四爷是个什么样人物？"

"一个大军官，听说做过军长、司令官。一生就是欢喜玩，把官也玩掉了。"

贵生不理会，却告给金凤，在山上找得一大堆八月瓜，她想要，明天自己到家去拿，因为明天打桐子，他得上山去帮忙，五爷、四爷又说要来赶兔子，恐怕没空闲。

贵生走后，毛伙说："金凤，这憨子，人大空心小，实在。"

金凤说："你莫乱说，他生气时会打扁你。"

毛伙说："这种人不会生气。我不是锡酒壶，打不扁。"

第二天，天一亮，贵生带了他的镰刀上山去。山脚雾气平铺，犹如展开一片白毯子，越拉越宽，也越拉越薄。远远地看到张家大围子嘉树成荫，几株老白果树向空挺立，更显得围子里正是家道兴旺。一切都像浮在云雾上头，缥缈而不固定。他想围子里的五爷、四爷，说不定还在睡觉做梦，梦里也是五魁八马、白板红中！

可是一会儿田塍上就有马项铃晃啷晃啷响，且闻人话嘈杂，原来五爷、四爷居然赶早都来了，贵生慌忙跑下坡去牵马。来的一共是十二个男女长工、四个跟随，还有几个围子里捡荒的小孩子。大家一到地，即刻就动起手来，从山顶上打起，有的爬树，有的在树下用竹竿巴巴地打，草里泥里到处滚着那种紫红果子。

四爷、五爷看了一会儿，也各捞着一根竹竿子打了几下，一会会就厌烦了，要贵生引他们到家里去。家中灶头锅里的水已沸腾，鸭毛给四爷、五爷冲茶喝。四爷见屋角斗笠里那一堆八月瓜，拿起来只是笑。

"五爷，你瞧这像个什么东西？"

"四爷，你真是孤陋寡闻，八月瓜也不认识。"

“我怎么不认识？我说它简直像……”

贵生因为预备送八月瓜给金凤，耳听到四爷口中说了那么一句粗话，心里不自在，顺口说道：

“四爷、五爷欢喜，带回去吃吧。”

五爷取了一枚，放在热灰里煨了一会儿，捡出来剥去那层黑色硬壳，挖心吃了。四爷说那东西腻口甜不吃，却对贵生家里一支钓鱼竿称赞不已。四爷因此从钓鱼谈起，溪里、河里、江里、海里，以及北方芦田里钓鱼的方法如何不同，无不谈到。忽然一个年轻女人在篱笆边叫唤贵生，声音又清又脆。贵生赶忙跑出去，一会儿又进来，抱了那堆八月瓜走了。

四爷眼睛尖，从门边一眼瞥见了那女的白首帕，大而乌光的发辫，问鸭毛“女人是谁”。鸭毛说：“是桥头上卖杂货浦市人的女儿。内老板去年热天回娘家吃喜酒，在席面上害蛇钻心病死掉了，就只剩下这个小毛头，今年满十六岁，名叫金凤。其实真名字倒应当是‘观音’！卖杂货的早已看中了贵生，又憨又强一个好帮手，将来会承继他的家业。贵生倒还拿不定主意，等风向转。真是白等。”

四爷说：“老五，你真是宣统皇帝，住在紫禁城里傻吃傻喝，围子外民间疾苦什么都不知道。山清水秀的地方一定地贵人贤，为什么不……”

鸭毛搭口说：“算命的说女人八字重，克父母，压丈夫，所以人都不敢动她。贵生一定也怕克……”正说到这里，贵生回来了，脸庞红红的，想说一句话，可不知说什么好，只是搓手。

五爷说："贵生，你怕什么？"

贵生先不明白这句话意思所指，茫然答应说："我怕精怪。"

一句话引得大家笑将起来，贵生也不由得笑了。

几人带了两只瘦黄狗，去荒山上赶兔子，半天毫无所得。晌午时又回转贵生家过午。五爷问长工今年桐子收多少，知道比往年好，就告给鸭毛，分三担桐子给贵生酬劳，和四爷骑了马回围子去了。回去本不必从溪口过身，四爷却出主张，要五爷同他绕点儿路，到桥头去看看。在桥头杂货铺买了些吃食东西，和那生意人闲谈了好一阵。也好好地看了金凤几眼，才转回围子。

回到围子里，四爷又嘲笑五爷，以为"在围子里做皇帝，真正是不知民间疾苦"。话有所指，五爷明白意思。

五爷说："四爷你真是，说不得一个人还从狗嘴里抢肉吃！"

四爷在五爷肩头打了一掌说："老五，别说了。我若是你，我就不像你，把一块肥羊肉给狗吃。你不看见：眉毛长，眼睛光，一只画眉鸟，打雀儿！"

五爷只是笑，再不说话。一个人有一个人的分定，五爷欢喜玩牌，自己老以为输牌不输理，每次失败只是牌运差，并非功夫不高。五爷笑四爷见不得女人，城市里大鱼大肉吃厌了，注意野味。

这方面发生的事情贵生自然全不知道。

贵生只知道今年多得了三担桐子，捡荒还可得两三担。家里有几担桐子沤在床底下，一个冬天夜里够消磨了。

日月交替，屋前屋后狗尾巴草都白了头在风里摇。大路旁刺梨一球球黄得像金子，早退尽了涩味，由酸转甜。贵生上城卖了十多回草，且卖了几篮刺梨给官药铺。算算日子，已是小阳春的十月了。天气转暖了一点儿，溪边野桃树有开花的。杂货铺一到晚上，毛伙就地烧一个树根，火光熊熊，用意像在向邻近住户招手，欢迎到桥头来，大家向火谈天。在这时节畜生草料都上了垛，谷粮收了仓，红薯也落了窖，正好是大家休息的时候，所以日里晚上都有人在那里。天气好时晚上尤其热闹，因为间或还有告假回家的兵士，和猴子坪大桐岔贩朱砂的客人，到杂货铺来述说省里新闻，天上地下摆龙门阵，说来无不令众人神往意移。

贵生到那里，照例坐在火旁不大说话，一面听他们说话，一面间或瞟金凤一眼。眼光和金凤眼光相接时，血行就似乎快了许多。他也帮杜老板做点儿小事，也帮金凤做点儿小事。落了雨，铺子里他是唯一客人时，就默默地坐在火旁吸旱烟，听杜老板在美孚灯下打算盘滚账，点数余存的货物。贵生心中的算盘珠也扒来扒去，且数点自己的家私。他知道城里的油价好，二十五斤油可换六斤棉花，两斤板盐。他今年有好几担桐子，真是一注小财富！年底鱼呀肉呀全有了，就只差个人。有时候那老板把账结清后，无事可做，便从酒坛间找出一本红纸面的文明历书，来念那些附在历书下的“酬世大全”“命相神数”。一排到金凤的八字，必说金凤八字怪，斤两重，不是“夫人”

在桥头杂货铺买了些吃食东西，和那生意人闲谈了好一阵。也好好地看了金凤几眼，才转回围子。

就是“犯人”，克了娘不算过关，后来事情多。金凤听来只是抿着嘴笑，完全不相信这些斯文胡说。

或者正说起这类事，那杂货铺老板会突然向客人发问：“贵生，你想不想成家？你要讨老婆，我帮你忙。”

贵生瞅着面前向上的火焰说：“老板，你说真话假话？谁肯嫁我！”

“你要就有人。”

“我不相信。”

“谁相信天狗咬月亮？你尽管不信，到时天狗还是把月亮咬了，不由人不信。我和你说，山上竹雀要母雀，还自己唱歌去找。你得留点儿心，学‘归桂红，归桂红！’‘婆婆酒醉，婆婆酒醉归！’”

话把贵生引到路上来了，贵生心痒痒的，不知如何接口说下去，于是也学杜鹃叫了几声。

毛伙间或多插一句嘴，金凤必接口说：“贵生，你莫听癫子的话，他乱说。他说会装套捉狸子，捉水獭，在屋后边装好套，反把我那只小花猫捉住了。”金凤说的虽是毛伙，事实却在用毛伙的话，岔开那杜掌柜提出的问题。

半夜后，贵生晃着个火把走回家去，一面走一面想：卖杂货的也在那里装套，捉女婿。不由得咕咕笑将起来。一个存心装套，一个甘心上套，事情看来也就简单。困难不在人事在人心。贵生和一切乡下人差不多，心上多少也有那么一点儿迷信。女的脸儿红中带白，眉毛长，眼角向上飞，是个“克”相；不克别人得克自己，到十八岁才过关！金凤今年满十六岁。因这点儿迷信，他稍稍退后了一步，杂货商人装的套不灵，不成功了。可是一切风总不会老向南吹，终有个转向时。

有天落雨，贵生留在家里搓了几条草绳子，扒开床下沤的桐子看看，已发热变黑，就倒了半箩桐子剥，一面剥桐子，一面却想他的心事。不知哪一阵风吹换了方向，他忽然想起事情有点儿险。金凤长大了，心窍子开了，毛伙随时都可以变成金凤家的驸马。此外在官路上来往卖猪攀乡亲的浦市客人，上贵州省贩运黄牛收水银的辰州客人，都能言会说，又舍得花钱，在桥头过身，机会好，有个见花不采？闪不知把女人拐走了，那才真是一个“莫奈何”！人总是人，要有个靠背，事情办好，大的小的就都有了靠背了。他想得自然简单一点儿，粗俗一点儿，但结论却得到了，就是“热米打粑粑，一切得趁早”，再耽误不得。风向真是吹对了。

他预备第二天上城去同那舅舅商量商量。

贵生进城去找他的舅舅。恰好那大户人家正办席面请客，另外请的有大厨师掌锅，舅舅当了二把手，在砧板上切腰花。他见舅舅事忙，就留在厨房帮同理葱剥豆子。到了晚上，把席面撤下时，已经将近二更，吃了饭就睡了。第二天那家主人又要办什么公公婆婆粥，桂圆莲子、鱼呀肉呀煮了一大锅，又忙了一整天，还是不便谈他的事情。第三天舅舅可累病了。贵生到测字摊去测个字，为舅舅拈的是一个“爽”字，自己拈了一个“回”字。测字的杨半仙说：“人逢喜事精神爽，若问病，有喜事病就会好。又说回字喜字一半，吉字一半，可是言字也是一半。口舌多，要办的事赶早办好，迟了恐不成。”他觉得这个杨半仙的话满有道理。

回到舅舅病床边时，就说他想成亲了，溪口那个卖杂货的女儿身家正派，为人贤惠，可以做他的媳妇。她帮他喂猪割草好，他帮她推磨打豆腐也好。只要好意思开口，可拿定七八成。掌柜的答应了，有一点儿钱就可以趁年底圆亲。多一个人吃饭，也多一个人补衣捏脚，有坏处，有好处，特意来和舅舅商量商量。

那舅舅听说有这种好事，岂有不快乐道理。他连年积下了二十块钱，正拿不定主意，不知道把它预先买副棺木好，还是买几只小猪托人喂好。一听外甥有意接媳妇，且将和卖杂货的女儿成对，当然一下就决定了主意，把钱“投资”到这件事上来了。

“你接亲要钱用，不必邀会，我帮你一点儿钱。”厨子起身把存款全部从床脚下砖土里掏出来后，就放在贵生手里，“你要用，你拿去用。将来养了儿子，有一个算我的小孙子，逢年过节烧三百钱纸，就成了。”

贵生哧哧地说：“舅舅，我不要那么些钱，开铺子的不会收我财礼的！”

“怎么不要？他不要，你总得要。说不得一个穷光棍打虎吃风，没有吃时把裤带紧紧。你一个人草里泥里都过得去，两个人可不成！人都有个面子，讨老婆就得有本事养老婆，养孩子。不能靠桥头杜老板，让人说你吃裙带饭。钱拿去用，舅舅的就是你的！”

两人商量好了，贵生上街去办货物。买了两丈官青布、两丈白布、三斤粉条、一个猪头，又买了些香烛纸张，一共花了将近五块钱。东西办齐后，贵生高高兴兴带了东西回溪口。

出城时碰到两个围子里的长工，挑了箩筐进城，贵生问他们赶忙进城有什么要紧事。

一个长工说："五爷不知为什么心血来潮，派我们到城里'义胜和'去办货！好像接媳妇似的，开了好长一张单子，一来就是一大堆！"

贵生说："五爷也真是五爷，人好手松，做什么事都不想想。"

"真是的，好些事都不想想就做。"

"做好事就升天成佛，做坏事可教别人遭殃。"

长工见贵生办货不少，带笑说："贵生，你样子好像要还愿，莫非快要请我们吃喜酒了？"

另一个长工也说："贵生，你一定到城里发了洋财，买那么大一个猪头，会有十二斤吧？"

贵生知道两人是打趣他，半认真半说笑地回答道："不多不少，一个猪头三斤半，正预备焖好请哥们儿喝一杯！"

分手时一个长工又说："贵生，我看你脸上气色好，一定有喜事不说，瞒我们。这不成的！哥子兄弟在一起，不能瞒！"几句话把贵生说得心里轻轻松松的，只是笑嚷着："哪里，哪里，我才不会瞒人！"

贵生到晚上下了决心，去溪口桥头找杂货铺老板谈话。到那里才知道杜老板不在家，有事出门去了。问金凤父亲什么地方去了，什么时候回来，金凤却神气淡淡地说不知道。转问那毛伙，毛伙说老板到围子里去了，不知什么事情。贵生觉得情形有点儿怪，还以为也许两父女吵了嘴，老的斗气走了，所以金凤不大高兴。他依然坐在那条矮凳上，用脚去拨那地炕的热灰，取旱烟管吸烟。

毛伙忍不住忽然失口说：“贵生，金凤快要坐花轿了！”

贵生以为是提到他的事情，眼瞅着金凤说：“不是真事吧？”

金凤向毛伙盯了一眼：“癞子，你胡言乱说，我缝你的嘴！”

毛伙萎了下来，向贵生憨笑着：“当真缝了我的嘴，过几天要人吹唢呐可没人。”

贵生还以为金凤怕难为情，把话岔开说：“金凤，我进城了，在我那舅舅处住了三天。”

金凤低着个头，神气索寞地说：“城里可好玩！”

“我去城里有事情。我和我舅舅打商量……”他不知怎么把话说下去好，于是转口向毛伙，“围子里五爷又办货要请客人，什么大事！”

“不只请客……”

毛伙正想说下去，金凤却借故要毛伙去瞧瞧那鸭子栅门关好了没有。

坐下来，总像是冰锅冷灶似的。杜老板很久还不回来，金凤说话要理不理。贵生看风头不大对，话不接头。默默地吹了几筒烟，只好走了。

回到家里从屋后搬了一个树根，捞了一把草，堆地上烧起来，捡了半箩桐子，在火边用小剜刀剥桐子。剥到深夜，总好像有东西咬他的心，可说不清楚是什么。

第二天正想到桥头去找杂货商人谈话，一个从围子里来的人告他说，围子里有酒吃，五爷纳宠，是桥头浦市人的女儿。已看好了日子，今晚进门，要大家煞黑前去帮忙，抬轿子接人！听到这消息，贵生好像头上被一个人重重地打了一闷棍，呆了半天缓不过气来。

那人走后，他还不大相信，一口气跑到桥头杂货铺去，只见杜老板正在柜台前低着头用红纸封赏号。

那杂货铺商人一眼见是贵生，笑眯眯地招呼他说："贵生，你到什么地方去了？好几天不见你，我们还以为你做薛仁贵当兵去了。"

贵生心想："我还要当土匪去！"

杂货铺商人又说："你进城好几天，看戏了吧？"

贵生站在外边大路上结结巴巴地说："大老板，大老板，我有句话和你说。听人说你家有喜事，是真的吧？"

杜老板举起那些小包封说："你看这个。"一面只是笑，事情不言而喻。

贵生听桥下有捶衣声，知道金凤在桥下洗衣，就走近桥栏杆边去，看见金凤头上孝已撤除，一条大而乌光辫子上簪了一朵小小红花，正低头捶衣。贵生说："金凤，你有大喜事，贺喜贺喜！"金凤头也不抬，停了捶衣，不声不响。贵生从神情上知道一切都是真的，自己的事情已完全吹了，完了。一切都完了。再说不出话。回到铺子里对那老板狠狠看了一眼，拔脚就走了。

晚半天，贵生依然到围子里去。

贵生到围子里时，见五老爷穿了件春绸薄棉袍子，外罩一件宝蓝缎子夹马褂，正在院子里督促工人扎喜轿，神气异常高兴。五爷一见贵生就说："贵生，你来了，很好。吃了没有？厨房里去喝酒吧。"又说，"你生庚属什么？属龙晚上帮我抬轿子，过溪口桥头上去接新人。属虎属猫就不用去，到时避一避，不要冲犯！"

贵生呆呆怯怯地说："我属虎，八月十五寅时生，犯双虎。"说后依然如平常无话可说时那么笑着，手脚无放处。看五爷分派人做事，扎轿杆的不当行，就走过去帮了一手忙。到后五爷又问他喝了没有，他不作声。鸭毛伯伯已换了一件新毛蓝布短衣，跑出来看轿子，见到贵生，就拉着他向厨房走。

厨房里有五六个长工坐在火旁矮板凳上喝酒，一面喝一面说笑。因为都是派定过溪口接亲的人，其中有个吹唢呐的，脸喝得红嘟嘟的，信口胡说："杜老板平时为人慷慨大方，到那里时一定请我们吃城里带来的嘉湖细点，还有包封。"

另一个长工说："我还欠他二百钱，记在水牌上，真怕见他。"

鸭毛伯伯接口打趣他："欠的账那当然免了，你抬轿子小心点儿就成了。"

一个毛胡子长工说："你们抬轿子，看她哭多远，过了大坳还像猫儿那么哭，要她莫哭了，就和她说：'大姐，你再哭，我就抬你回去！'她一定不敢再哭。"

“她还是哭你怎么样？”

“我们当真抬她回去。”

“将来怎么办？”

“再把她抬进围子里，可是不许她哭，要她哈哈大笑！”

“她不笑？”

“她不笑？我敢赌个手指头，她会笑的。”所有人都哄然大笑起来。

吹唢呐的会说笑话，随即说了一个新娘子三天回门的粗糙笑话，装成女子的声音向母亲诉苦：“娘，娘，我以为嫁过去只是服侍公婆，承宗接祖，你哪想到小伙子人小心子坏，夜里不许我撒尿！”大家更大笑不止。

贵生不作声，咬着下唇，把手指骨捏了又捏，看定那红脸长鼻子，心想打那家伙一拳。不过手伸出去时，却端了土碗，哐嘟嘟喝了大半碗烧酒。

几个长工打赌，有的以为金凤今天不会哭。有的又说会哭，还说看那一双水汪汪的眼睛，就是个会哭的相。正乱着，院中另外那几个扎轿子的也来到厨房，人一多话更乱了。

贵生见人多话多，独自走到仓库边小屋子里去。见有只草鞋还未完工，就坐下来搓草编草鞋。心里实在有点儿乱，不知道怎么好。身边还有十六块钱，紧紧地压在腰板上。他无头无绪想起一些事情。三斤粉条、两丈官青布、一个猪头，有什么用？五斛桐子送到姚家油坊

去打油，外国人大船大炮到海里打大仗，要的是桐油。卖纸客人做眉弄眼，“易求无价宝，难得有情郎”，有情郎就来了。四老爷一个月玩八个辫子货，还说妇人身上白得像灰面，无一点儿意思。你们做官的，总是糟蹋人！

看看天已快夜了。

院子里人声嘈杂，吹唢呐的大约已经喝个六分醉，把唢呐从厨房吹起，一直吹到外边大院子里去。且听人喊燃火把放炮动身，两面铜锣当当地响着，好像在说：“我们走，我们走，我们快走！”不一会儿，一队人马果然就出了围子向南走去了。去了许久还可听到一点儿接亲队伍傍着小山坡边走去时那唢呐呜咽声音。贵生过厨房去看看，只见几个佃户家临时找来帮忙的女人正在预备汤果，鸭毛伯伯见贵生就说：“贵生，我还以为你也去了。帮我个忙，挑几担水吧。等会儿还要水用。”

贵生担起水桶一声不响走出去。院子里烧了几堆油柴，正屋里还点了蜡烛，挂了块红。住在围子里的佃户人家妇女小孩都站在院子里，等新人来看热闹。贵生挑水走捷径必从大门出进，却宁愿绕路，从后门走。到井边挑了七担水，看看水平了缸，才歇手过灶边去烘草鞋。

阴阳生排八字，女的属鼠，宜天断黑后进门。为免得和家中人

贵生见人多话多，独自走到仓库边小屋子里去。见有只草鞋还未完工，就坐下来搓草编草鞋。心里实在有点儿乱，不知道怎么好。

冲犯，凡家中命分上属大猫小猫的，到轿子进门时都得躲开。鸭毛伯伯本来应当去打发轿子接人的，既得回避，因此估计新人快要进围子时，就邀贵生往后面竹园子去看白菜萝卜，一面走一面谈话。

“贵生，一切真有个定数，勉强不来。看相的说邓通是饿死的相，皇帝不服气，送他一座铜山，让他自己造钱，到后还是饿死。城里王财主，原来挑担子卖饺饵营生，气运来了，住身在那个小土地庙里，落了半个月长雨，墙脚淘空了，墙倒坍了，两夫妇差点儿压死。待到两人从泥灰里爬出来一看，原来墙里有两坛银子，从此就起了家。……不是命是什么！桥头上那杂货铺小丫头，谁料到会做我们围子里的人？五爷是读书人，懂科学，平时什么都不相信，除了洋鬼子看病，照什么‘挨挨试试’光，此外都不相信。上次进城一输又是两千，被四爷把心说活了。四爷说：五爷，你玩不得了，手气痞，再玩还是输。找个‘原汤货’来冲一冲运气看，保准好。城里那些毛母鸡，谁不知道用猪肠子灌鸡血，到时假充黄花女。横到长的眼睛只见钱，竖到长的眼睛中作伪，有什么用！乡下有的是人，你想想看。五爷认真了，凑巧就看上了那杂货铺女儿，一说就成，不是命是什么！”

贵生一脚踹到一个烂笋瓜上头，滑了一下，轻轻地骂自己：“鬼打岔，眼睛不认货！”

鸭毛伯伯以为话是骂杜老板女儿，就说：“这倒是认货不认人！”

鸭毛伯伯接着又说：“贵生，说真话，我看杂货铺杜老板和那丫头，先前对你倒很有心，旁观者清，当局者迷，你还不明白。其实只要你好意思亲口提一声，天大的事就定了。天上野鸭子各处飞，捞到手的就是菜。二十八宿闹昆阳，阵势排好了，先下手为强，后下手遭殃。你不先下手，怪不得人！”

贵生说：“鸭毛伯伯，你说的是笑话。”

鸭毛伯伯说：“不是笑话！一切都是命，半点不由人。十天以前，我相信那小丫头还只打量你同她俩在桥头推磨打豆腐！你自己拿不定主意，这怪不得人！”说的当真不是笑话，不过说到这里，为了人事无常，鸭毛伯伯却不由得笑起来了。

两人正向竹园坎上走去，上了坎，远远地已听到唢呐呜呜咽咽的声音，且听到爆竹声，就知道新人的轿子快来了。围子里也骤然显得热闹起来。火炬都点燃了，人声杂沓。一些应当避开的长工，都说说笑笑跑到后面竹园来，有的还毛猴一般爬到大南竹上去眺望，看人马进了围子没有。

唢呐越来越近，院子里人声杂乱起来了，大家知道花轿已进营盘大门，一些人先虽怕冲犯，这时也顾不得了，都赶过去看热闹。

三大炮放过后，唢呐吹“天地交泰”，拜天地祖宗，行见面礼，一会儿唢呐吹完了，火把陆续熄了，鸭毛伯伯知道人已进门，事已完毕，拉了贵生回厨房去，一面告那些拿火把的人小心火烛。厨房里许多人都在解包封，数红纸包封里的赏钱，争着倒热水到木盆里洗脚，一面说起先前一时过溪口接人，杜老板发亲时如何慌张的笑话。且说杜老板和癞子一定都醉倒了，免得想起女儿今晚上事情难受。鸭毛伯伯重新给年轻人倒酒，把桌面摆好，十几个年轻长工坐定时，才发现贵生早已溜了。

半夜里，五爷正在雕花板床上细麻布帐子里拥了新人做梦，忽然围子里所有的狗都狂叫起来。鸭毛伯伯起身一看，天角一片红，远处起了火。估计方向远近，当在溪口边上。一会儿有人急忙跑到围子里来报信，才知道桥头杂货铺烧了，同时贵生房子也走了水。一把火两处烧，十分蹊跷，详细情形一点儿不明白。

鸭毛伯伯匆匆忙忙跑去看火，先到桥头，火正壮旺，桥边大青树也着了火，人只能站在远处看。杜老板和癞子是在火里还是走开了，一时不能明白。于是又赶过贵生处去，到火场近边时，见有些人围着看火，谁也不见贵生。人是烧死了还是走开了，说不清楚。鸭毛伯伯用一根长竹子试向火里捣了一阵，鼻子尽嗅着，人在火里不在火里，还是弄不出所以然。他心中明白这件事。火究竟是怎么起的，一定有个原因。转围子时，半路上碰着五爷和新姨太太。五爷说："人烧坏了吗？"

鸭毛伯伯结结巴巴地说："这是命，五爷，这是命。"回头见金凤正哭着，心中却说，"丫头，做小老婆不开心？回去一索子吊死了吧，哭什么！"

几人依然向起火处跑去。

1937年3月作，5月改作于北京

1940年3月22日校改。时大风发木，猛雨打窗

如蕤

秋天，仿佛春天的秋天

协和医院里三楼甬道上，一个头戴白帽身穿白色长袍的年轻看护，手托小小白瓷盆子，匆匆忙忙从东边回廊走向西去。到楼梯边时，一个招呼声止住了她的脚步。

从二楼上来了一个女人，在宽阔之字形楼梯上盘旋，身穿绿色长袍，手中拿着一个最时新的朱红皮夹，使人一看有“绿肥红瘦”感觉。这女人有一双长长的腿子，上楼时便显得十分轻盈。年纪大约有了二十七八，由于装饰合法，又仿佛可以把她岁数减轻一些。但靥额之间，时间对于这个人所作的记号，却不能倚赖人为的方法加以遮饰。便是那写在口角眉目间的微笑，风度中也已经带有一种佳人迟暮的调子。

她不能说是十分美丽，但眉眼却秀气不俗，气派又大方又尊贵。身体长得修短合度，所穿的衣服又非常称身，且正因为那点“绿肥红瘦”的暮春风度，使人在第一面后，就留下一个不易忘掉的良好印象。

这个月以来她因为每天按时来院中看一病人，同那看护已十分熟悉，如今在楼梯边见到了看护，故招呼着，随即快步跑上楼了。

她向那看护又亲切又温柔地说：

“夏小姐，好呀！”

那看护含笑望望喊她的人手中的朱红皮夹。

“如蕤小姐，您好！”

“夏小姐，医生说病人什么时候出院？”

“曾先生说过一礼拜好些，可是梅先生自己，上半天却说今天想走。”

“今天就走吗？”

“他那么说的。”

穿绿衣的不作声，把皮夹从右手递过左手。

穿白衣的看护仿佛明白那是什么意思，便接着说：

“曾先生说‘不行’。他不签字，梅先生就不能出院。”

甬道上西端某处病房里门开了，一个穿白衣剃光头的男子，露出半个身子，向甬道中的看护喊：

“密司夏，快一点儿来！”

那看护轻轻地说：“我偏不快来！”用眉目做了一个不高兴的表示，就匆匆地走去了。

如蕤小姐站在楼梯边一阵子，还不即走，看到一个年青圆脸女孩，手中执了一把浅蓝色的大花，搀扶了一个青年优美的男子，慢慢地走下楼去。男子显得久病新瘥的样子，脸色苍白，面作笑容，女孩则脸上光辉红润，极其愉快。

一双美丽灵活的眼睛，随着那两个下楼人在之字形宽阔楼梯上转着，到后那俪影不见了，为楼口屏风掩着消灭了。这美丽的眼睛便停顿在楼梯边棕草毡上，那是一朵细小的蓝花。

“把我拾起来，我名字叫‘毋忘我草’。”

她弯下腰把它拾起来。

一张猪肝色的扁脸，从肩膊边擦过去。一个毛子军人把一双碧眼似乎很情欲地望着这女人一会，她仿佛感到了侮辱，匆匆地就走了。

不到一会，三楼三百十七号病房外，就有只带着灰色丝织手套的纤手，轻轻地扣着门。里面并无声音，但她仍然轻轻的推开了那房门。门开后，她见到那个病人正披了白色睡衣，对窗外望，把背向着门边，似乎正在想到某样事情，或为某种景物堕入玄思，故来了客人，他却全不注意。

她轻轻地把门掩上，轻轻地走近那病人身边，且轻轻地说：

“我来了。”

病人把头掉回，便笑了。

“我正想到为什么秋天来得那么快。你看窗外那株杨柳。”

穿绿衣的听到这句话，似乎忽然中了一击，心中刺了一下。装作病人所说的话与彼全无关系的神气，温柔地笑着。

“少想些，秋来了，你认识它就得了，并不需要你想它。”

“不想它，能认识它吗？”

女人于是轻轻地略带解嘲的神气那么说：

“譬如人，有些人你认识她就并不必去想她！”

“坐下来，不要这样说吧。这是如蕤小姐说话的风格，昨天不是早已说好不许这样吗？”

病人把如蕤小姐拉在一张有靠手的椅子旁坐下，便站在她面前，捏着那两只手不放：

“你为什么知道我不正在念你？”

女人嘴唇略张，绽出两排白色小贝，披着优美卷发的头略歪，做出的神气，正像一个小姑娘常做的神气。

病人说：

“你真像小孩子。”

“我像小孩子吗？”

“你是小孩子！”

“那么，你是个大人了。”

“可是我今年还只二十二岁。”

“但你有些方面，真是个二十二岁的大人。”

“你是不是说我世故？”

“我说我不如你那么……”

“得了。”病人走过窗边去，背过了女人，眉头轻微蹙了一下。

回过头来时就说：“我想出院了，医生不让我走。”

女人说：“忙什么？”随即又说，“我见到那看护，她也说曾医生以为你还不能出去。”

“我心里躁得很。我还有许多事……”

“你好些没有？睡得好不好？”

病人听到这种询问，似乎从询问上引起了些另一时另一事不愉快的印象，反问女人：

“你什么时候动身？”

女人不即回答，抬起头把一双水汪汪的眼睛望着病人，望了一会，柔弱无力地垂下去，轻轻地透了一口气，自言自语地说：“什么时候动身？”

病人明白那是什么原因，就说：

“不走也好！北京的八月，无处景物不美。并且你不是说等我好了，出了院，就陪我过西山去住半个月吗？那边山上树叶极美，我欢喜那些树木。你若走了，我一个人可不想到那边去。你为什么要走？”

女的把头低着，带着伤感气氛说：“我为什么要走？我真不知道！”

病人说：

“我想起你一首诗来了。那首名为《季蕤之谜》的诗，我记得你那么……”若说下去，他不知道应当说的是“寂寞”还是“多情善感”，于是他换了口气向女人说：“外边一定很冷了，你怎么不穿紫衣？”

女人装作不曾听到这句话，无力地扭着自己那两只手套，到后又问：“你出了院，预备上山不预备上山？”

病人似乎想起了这一个月来病中的一切，心中柔和了，悄然说道：“你不走，你同我上山，不很好吗？你又一定要走。”

“我一定要走，是的，我要走。”

“我要你陪我！”

“你并不要我陪你！”

“但你知道……”

“但你……”

什么话也不必说了，两人皆为一件事喑哑了。

她爱他，他明白的，他不爱她，她也明白的。问题就在这里，三年来各人的地位还依然如故，并不改变多少。

他们年龄相差约七岁。一片时间隔着了这两个人的友谊，使他们不能不停顿到某一层薄幕前面。两人皆互相望着另外一个心上的脉络，却常常黯然无声地待着，无从把那个人的臂膊张开，让另一个无力地任性地卧到那一个臂膊里去。

夏天，热人闷人倦人的夏天

三年前，南国××暑期海滨学术演讲会上，聚集五十个年轻女人，七十个年轻男子，用帐幕在海边经营暑期生活。这些年轻男女皆从各大学而来，上午齐集在林荫里与临时搭盖的席棚里，听北平来的名教授讲学，下午则过海边浴场作海水浴，到了晚上，则自由演剧，放映电影，以及小组谈话会、跳舞会，同时分头举行。海边沙上与小山头，且常燃有火炬，焚烧柴堆，作为海上荡舟人与入山迷失归途的人指示营幕所在地。

女子中有个杰出的人物。××总长庶出的女儿，岭南大学二年级学生。这女子既品学粹美，相貌尤其艳丽。游泳、骑马、划船、击球，无不精通超人一等。且为人既活泼异常，又无轻狂佻野习气。待人接物，温柔亲切，故为全个团体所倾心。其中尤以一个青年教授，一个中年教授，两人异常崇拜这个女子。但在当时，这女孩子对于一切殷勤，似乎皆不甚措意。俨然这人自觉应永远为众人所倾心，永远属于众人，不能尽一人所独占，故个人仍独来独往，不曾被任何爱情所软化。

当她发觉了男子中即或年纪到了四十五岁，还想在自己身边装作天真烂漫的神气，认为妨碍到她自己自由时，就抛开了男子们，常常带领了几个年幼的女孩，驾了白色小船，向海中驶去。在一群女孩中间她处处像个母亲，照料得众人极其周到，但当几人在沙滩上胡闹时，则最顽皮最天真的也仍然推她。

她能独唱独舞。

她穿着任何颜色任何质料的衣服，皆十分相称，坏的并不显出俗气，好的也不显出奢华。

她说话时声音引人注意，使人快乐。

她不独使男子倾倒，所有女子也无一不十分爱她。

但这就是一个谜，这为上帝特别关切的女孩子，将来应当属谁？

就因为这个谜，集会中便有许多男子皆发着痴，心中思索着，苦恼着。林荫里，沙滩上，帐幕旁，大清早有人默默地单独地踱着躺着，黄昏里也同样如此。大家皆明白"一切路皆可以走近罗马"那句格言，却不明白有什么方法，可以把这颗心傍近这女人的心。"一切美丽皆使人痴呆"，故这美丽的女孩，本身所到处，自然便有这些事情发生，同时也将发生些旁的使男子们皆显得可怜可笑的事情。

她明白这些，她却不表示意见。

她仍然超越于人类痴妄以上，又快乐又健康地打发每个日子。

她欢喜散步，海滨潮落后，露出一块赭色沙滩，齐平如茵褥，比茵褥复更柔和。脚所践履处，皆起微凹，分明地印出脚掌或脚跟美丽痕迹。这沙滩常常便印上了一行她的脚迹。许多年轻学生，在无数脚迹中皆辨识得出这种特别脚迹，一颗心追数着留在那沙上那点儿东西，直至潮水来到，洗去了那东西时，方能离开。

每天潮水的来去，又正似乎是特别为洗去那沙上其他纵横凌乱的践履记号，让这女孩子脚迹最先印到这长沙上。

海边的潮水涨落因月而异。有时恰在中午夜半，有时又恰在天明黄昏。

有一天，日头尚未从海中升起，潮水已退，淡白微青的天空，还嵌了疏疏的几颗白星，海边小山皆还包裹在银红色晓雾里，大有睡犹未醒的样子。沿海小小散步石道上，矗立在轻雾中的电灯白柱，尚有灯光如星子，苍白着脸儿。

她照常穿了那身轻便的衣服，披了一件薄绒背心，持了一条白竹鞭子，钻出了帐幕，走向海边去。晨光熹微中大海那么温柔，一切万物皆那么温柔，她饱饱地吸了几口海上的空气，便起始沿了尚有湿气与随处还留着绿色海藻的长滩，向日头出处的东方走去。

她轻轻地啸着，因为海也正在轻轻地啸着。她又轻轻地唱着，因为海边山脚豆田里，有初醒的雀鸟也正在轻轻地唱着。

有些银色的雾，流动在沿海山上，与大海水面上。

这些美丽的东西会不会到人的心头上？

望到这些雾她便笑着。她记起蒙在她心头上一张薄薄的人事网子。她昨天黄昏时，曾同一个女伴，坐到海边一个岩石上，听海涛呜咽，波浪一个接着一个撞碎在岩石下。那女孩子年纪不过十七岁，爱了一个牧师的儿子，那牧师儿子却以为她是小孩子，一切打算皆由于小孩子的糊涂天真，全不近于事实所许可。那牧师儿子伤了她的心。她便一一诉说着，且说他若再只把她当小孩，她就预备自杀给他看。问那女孩子：“自杀了，他会明白么？除了自杀难道就并无别的办法让他明白吗？而且，是不是当真爱他？爱他即或是真的，这人究竟有什么好处？”那女孩沉默了许久，昂起头带着羞涩的眼光，却回答说：“我自己也不知道这是怎么回事。他所有好处在别个男孩子品性

中似乎皆可以发现，我爱他似乎就只是他不理我那份骄傲处。我爱那点儿骄傲。”当时她以为这女孩子真正是小孩子。

但现在给她有了一个反省的机会。她不了解这女孩子的感情，如今却极力来求索这感情的起点与终点。

爱她的人可太多了，她却不爱他们。她觉得一切爱皆平凡得很，许多人皆在她面前见得又可怜又好笑。许多人皆因为爱了她把他自己灵魂、感情、言语、行为、某种定型弄走了样子。譬如大风，百凡草木皆为这风而摇动，在暴风下无一草木能够坚凝静止，毫不动摇。她的美丽也如大风。可是她希望的正是永远皆不动摇的大树，在她面前昂然地立定，不至于为她那点儿美丽所征服。她找寻这种树，却始终没有发现。

她想：“海边不会有这种树。若需要这种树，还应当向深山中去找寻。”

的的确确，都市中人是全为一个都市教育与都市趣味所同化，一切女子的灵魂，皆从一个模子里印就，一切男子的灵魂，又皆从另一模子中印出，个性与特性是不易存在，领袖标准是在共通所理解的榜

她欢喜散步，海滨潮落后，露出一块赭色沙滩，齐平如茵褥，比茵褥复更柔和。脚所践履处，皆起微凹，分明地印出脚掌或脚跟美丽痕迹。这沙滩常常便印上了一行她的脚迹。

样中产生的。一切皆显得又庸俗又平凡，一切皆转成为商品形式。便是人类的恋爱，没有恋爱时那份观念，有了恋爱时那份打算，也正在商人手中转着，千篇一律，毫不出奇。

海边没有一株稍稍倔强的树，也无一个稍稍倔强的人。为她倾倒的人虽多，却皆在同样情形下露出蠢相，做出同样的事情。世故一些的先是借些别的原因同在一处，其次就失去了人的样子，变成一只狗了。年纪轻些的，则就只知写出那种又粗鲁又笨拙的信，爱了就谦卑谄媚，装模作样，眼看到自己所做的糊涂样子，还不能够引动女人，既不知道如何改善方法，便做出更可笑的表示，或要自杀，或说请你好好防备，如何如何。一切爱不是极其愚蠢，就是极其下流，故她把这些爱看得一钱不值了。

真没有一个稍稍可爱的男子。

她厌倦了那些成为公式的男子，与成为公式的爱情。她忽然想起那个女孩口中的牧师儿子。她为自己倏然而来飘然而逝的某种好奇意识所吸引，吃了点儿惊。她望望天空，一颗流星正划空而逝，于是轻轻地轻轻地自言自语说道："逝去的，也就完事了。"

但记忆中那颗流星，还闪着悦目的光辉。"强一些，方有光辉！"她微笑了，因为她自觉是极强的。然而在意识之外，就潜伏了一种欲望，这欲望是隐秘的，方向暧昧的。

左拉在他的某篇小说上，曾提及一个贞静的女人，拒绝了所有向她献媚投诚的一群青年绅士，逃到一个小乡村后，却坦然尽一个粗鲁的农夫，在冒昧中吻了她的嘴唇同手足。骄傲的妇人厌倦轻视了一切柔情，却能在强暴中得到快感。

她记起了左拉那篇小说。那作品中从前所不能理解的，现在完全理解了。倘若有那么凑巧的遭遇，她也将如故事所说，“毫不拒绝地躺到那金黄色稻草积上去”。固执的热情，疯狂的爱，火焰燃烧了自己后还把另外一个也烧死，这爱情方是爱情！

但什么地方有这种农夫？所有农夫皆大半饿死了。这里则面前只是一片沙，一片海。

民族衰老了，为本能推动而做成的野蛮事，也不会再发生了。都市中所流行的，只是为小小利益而出的造谣中伤，与为稍大利益而出的暗杀诱捕。恋爱则只是一群阉鸡似的男子，各处扮演着丑角喜剧。

她想起十个以上的丑角，温习这些自作多情的男子各种不得体的爱情，不愉快的印象。

她走着，重复又想着那个不识面的牧师儿子。这男子，十七岁的女子还只想为他自杀哩，骄傲的人！

流星，就是骑了这流星，也应当把这种男子找到，看他的骄傲，如何消失到温柔雅致体贴亲切的友谊应对里。她记着先前一时那颗流星。

日光出来了，烧红了半天。海面一片银色，为薄雾所包裹。

早日正在溶解这种薄雾。清风吹人衣袂如新秋样子。

薄雾渐渐溶解了，海面光波耀目，如平敷水银一片，不可逼视。

炫目的海需要日光，炫目的生活也需要类乎日光的一种东西。这东西在青年绅士中既不易发现，就应当注意另外一处！

当天那集会里应当有她主演的一个戏剧。时间将届时，各处找寻这个人，皆不能见到。有人疑心她或在海边出了事，海边却毫无征兆可得。于是有人又以可笑的测度，说她或者走了，离开这里了，因此赴她独自占据的小帐幕中去寻觅，一点儿简单行李虽依然在帐幕里，却有个小小字条贴在撑柱上，只说："我不高兴再到这里，我走了。大家还是快乐地打发这个假期吧。"大家方明白这人当真走了。

也像一颗流星，流星虽然长逝了，在人人心中，却留下一个光辉夺目的记号。那件事在那个消夏会中成为一群人谈论的中心，但无一个人明白这标致出众的女人，为什么忽然独自走去。

日头出自东方，她便向东方注意，坐了法国邮船向中国东部海岸走去。她想找寻使她生活放光同时她本身也放光的一种东西。她到了属于北国的东方另一海滨。

那里有各地方来的各样人，有久住南洋带了椰子气味的美国水兵，有身着宽博衣裳的三岛倭人，有流离异国的北俄人，有庞然大腹由国内各处跑来的商人政客，有……

她并不需要明白这些。她住到一个滨海著名旅馆中后，每日皆默默地躺到海滩白沙上大伞下眺望着大海太空的明蓝。她正在用北海风光，洗去留在心上的南海厌人印象。她在休息，她在等待。

有时赁了一匹白马，到山上各处跑去，或过无人海浴处，沿了潮汐退尽的沙滩上跑去。有时又一人独自坐在一只小艇内，慢慢地摇着小桨，把船划到离岸远到三里五里的海中，尽那只小艇在一汪盐水中漂流荡漾。

陌生地方陌生的人群，却并不使她感到孤寂。在清静无扰孤独生活中，她有了一个同伴，就是她自己的心。

当她躺在沙上时，她对于自然与对于本性，皆似乎多认识了一些。她看一切，听一切，分析一切，皆似乎比先前明澈一些。

尤其使她愉快的，便是到了这地方来，若干游客中，似乎并无一个人明白她是谁，虽仿佛有若干双陌生的眼睛，每日皆可在沙滩中无意相碰，她且料想到，这些眼睛或者还常常在很远处与隐避处注视到她，却并无什么麻烦。一个女子即或如何厌烦男子，在意识中，也仍然常常有把这种由于自己美丽使男子现出种种蠢相的印象，作为一种秘密悦乐的时节。我们固然不能欢喜一个嗜酒的人，但一个文学者笔下的酒徒，却并不使我们看来皱眉。这世界上，也正有若干种为美所倾倒的人类可怜悯的姿态，玩味起来令人微笑！

划船是她所擅长的运动，青岛的海面早晚尤宜于轻舟浮泛。有一天她独自又驾了那白色小艇，打着两桨，沿海向东驶去。

东方为日头所出的地方，也应当有光明热烈如日头的东西，等待在那边。可是所等待的是什么？

在东方除了两个远在十里以外金字塔形的岛屿以外，就只一片为日光镀上银色的大海。这大海上午是银色，下午则成为蓝色，放出蓝宝石的光辉。一片空阔的海，使人幻想无边的海。

东边一点，还有两个海湾，也有沙滩，可以作海水浴，游人却异常稀少。

她把船慢慢地划去，想到了第三个海湾时为止。她欢喜从船上看海边景物。她欢喜如此寂寞地玩着，就因她早为热闹弄疲倦了。

当船摇到离开浴场约两里，将近第三海湾，接近名为太平角的山岨时，海上云物奇幻无方，为了看云，忘了其他事情。

盛夏的东海，海上有两种稀奇的境界，一是自海面升起的阵云，白雾似的成团成饼从海上涌起，包裹了大山与一切建筑；一是空中的云彩，五色相煊，尤以早晨的粉红细云与黄昏前绿色片云为美丽。至于中午则白云嵌镶于明蓝天空，特多变化，无可仿佛，又另外有一番惊人好处。

她看的是白云。

到后夏季的骤雨到了，挟以雷声电闪，向海面逼来。海面因之咆哮起来，各处是白色波帽，一切皆如正为一只人目难于瞧见的巨手所翻腾，所搅动。她匆忙中把船向近岸处尽力划去。她向一个临海岩壁下划去。她以为在那方面当容易寻觅一个安全地方。

那一带岩石的海岸，却正连续着有屋大的波浪，向岩石撞去，成为白沫。船若傍近，即不能不与一切同归于尽。

船离岩壁尚远，就倾覆了，她被波浪卷入水中后，便奋力泅着。

头上是骤雨与吓人的雷声，身边是黑色愤怒的海，她心想：“这不是一个坏经验！”她毫不畏怯，以为自己的能力足支持下去，不会有什么不幸。她仍然快乐地向前泅去。

她忽然记起岩壁下海面的情形，若有船只，尚可停泊，若属空手，恐怕无上岸处，故重复向海中泅去，再看看方向，观察从某一方泅去，可以省事一些，方便一些。

她发现了她应当向东泅去，则可在第二海湾背风的一面上岸。

她大约还应泅半里。她估计她自己能力到岸有剩余，故她毫不忙乱。

但到后离岸只有二百米左右时，她的气力已不济事了，身体为大浪所摇撼，她感觉疲倦，以为不能拢岸，行将沉入海底了。

她被波浪推动着。

她把方向弄迷了，本应当再向东泅去，忽又转向南边一点儿泅去。再向南泅去，她便将为浪带走，摔碎到岩石上。

当她在海面挣扎中，被一只强而有力的手臂攫住头发，带她向海岸边泅去时，她知道她已得了救助，她手脚仍然能够拍水分水，口中却喑哑无言，到了岸时便昏迷了。那人把她抱上了岸，尽她俯伏着倒出了些咸水，后来便让她卧下，蹲在她身边抚摩着手心。

她慢慢地清楚了。张开两只眼睛，便看到一个黑脸长身青年俯伏在她身边。她记起了前一时在水中种种情形，便向那身边陌生男子孱弱地笑着，做的是感谢的微笑。她明白这就是救她出险的男子，她想起来一下，男子却把手摇着，制止了她。男子也微笑着，也感谢似的微笑着，因为他显然在这件事情上得到了最大的快乐。

她闭上眼睛时，就看到一颗流星，两颗流星。这是流星还是一个男孩子纯洁清明的眼睛呢?

她迷糊着。

重新把眼睛睁开时，那陌生青年男子因避嫌已站远了一些。她伸出手去招呼他。且让他握着那只无力的手。于是两人皆微笑着。一句“感谢”的话语溶解成为这种微笑，两人皆觉得感谢。

年轻人似乎还刚满二十岁，健全宽阔的胸脯，发育完美的四肢，尖尖的脸，长长的眉毛，悬胆垂直的鼻头，带着羞怯似的美丽嘴唇，无一不见得青春的力与美丽。

行雨早过了，她望着那男子身后天空，正挂着一条长虹。女人说：

“先生，这一切真美丽！”

那男子笑了，也点头说：

“是的，太美丽了！”

“谢谢您。没有您来带我一手，我这时一定沉到这美丽海底，再不能看到这种好景致了。为什么我在海中你会见到?”

“我也划了一只船来的，我看看云彩，知道快要落雨了，故把船泊近岸边去。但我见到你的白船，我从草帽上知道您是个小姐，我想告你一下，又不知道如何呼喊您。到后雨来了，我眼看着你把船尽力

行雨早过了，她望着那男子身后天空，正挂着一条长虹。

向岸边划来，大声告你不能向那边岩壁下划去，你却不能听到。我见你把船向岩边靠拢，知道小船非翻不可，果然一会儿就翻了，我方从那边跳下来找你。”

“你冒了险作这件事，是不是？”

男子笑着，承认了自己的行为。

“你因为看清楚我是个女人，故那么勇敢从悬岩上跃下把我救起，是不是？”

那男子羞怯似的摇着头，表示承认也同时表示否认。

“现在我们已经成为朋友了，请告我些你自己的事情吧，我希望多知道些，譬如说，你住在什么地方？在什么学校念书？家里有些什么人，家中人谁对你最好，谁最有趣？你欢喜读的书是哪几本？”

“我姓梅……”

“得了，好朋友是用不着明白这些的。这对我们友谊毫无用处。你且告我，你能够在这一汪咸水里尽你那手足之力，泅得多远？”

“我就从不疲倦过。”

“你欢喜划船吗？”

“我有时也讨厌这些船。”

“你常常是那么一个人把船划到海中玩着吗？”

“我只是一个人。”

“我到过南方。你见不见到过南方的大棕榈树同凤尾草？”

“我在黑龙江黑壤中长大的。”

“那么你到过北京城了？”

“我在北京城受的中学教育。”

“你不讨厌北京吗？”

“我欢喜北京。”

“我也欢喜北京。”

“北京很好。”

“但我看得出你同别的人欢喜北京不同。别人以为北京一切是旧的，一切皆可爱。你必定以为北京罩在头上那块天，踏在脚下那片地，四面八方卷起黄尘的那阵风，一些无边无际那种雪，莫不带点儿野气。你是个有野性的人，故欢喜它，是不是？”

这精巧的阿谀使年青男子十分愉快。他说：

“是的，我当真那么欢喜北京，我欢喜那种明朗粗豪风光。”

女子注意到面前男子的眉目口鼻，心中想说：“这是个小雏儿，不济事，一点点温柔就会把这男子灵魂高举起来！你并不欢喜粗野，对于你最合适的，恐怕还是柔情！”

但这小雏儿虽天真却不俗气。她不讨厌他。她向他说：

“你傍我这边坐下来，我们再来谈谈一点儿别的问题，会不会妨碍你？你怕我吗？”

青年人无话可说，只好微带腼腆站近了一点儿，又把手遮着额部，眺望海中远处，吃惊似的喊着：

“我们的船并不在海中，一定还在岩壁附近。”

他们所在的地方，已接近沙滩，为一个小阜上，却被树林隔着了视线，左边既不能见着岩壁，右边也看不到沙滩，只是前面一片海在脚下展开。年轻男子走过左边去，不见什么，又走过右边去，女人那只白色小艇正斜斜地翻卧在沙滩上，赶忙跑回来告给女人。

女的口上说，“船坏了并不碍事。”心中却想着：“应当有比这小船儿更坚固结实的‘小船’，容载这个心，向宽泛无边的大海中摇去！”她看看面前，却正泊着一只理想的小船。强健的胳膊，强健的灵魂，一切皆还不曾为人事所脏污。如若有所得的微笑着，她几乎是本能地感到了他们的未来一切。

她觉得自己是美丽的，且明白在面前一个人眼光中，她几乎是太美丽了。她明白他曾又怯又贪注意过她的身体每一部分。她有些羞恧，但她却不怕他也不厌烦他。

他毫无可疑，只是一个大学一年级生，一切兴味同观念，就是对女人的一份知识，也不会离开那一年级生的限制。他读书并不多，对于人生的认识有限，他慢慢地在学习都市中人的生活，他也会成为庸碌而无个性的城市中人。她初初看他，好像全不俗气，多谈了几句话，就明白凡是高级中学所输入于学生的那份坏处，这个人也完全得到他应得的一份。但不知怎么样的稀奇的原因，这带着乡下人气氛的男子，单是那点儿野处单纯处，使她总觉得比绅士有意思些。他并不十分聪明，但初生小犊似的，天下事什么都不怕的勇气，仿佛虽不使他聪明，却将令他伟大。真是的，这孩子可以伟大起来！

她问他：

“你每天洗海水浴吗？”

他点着头，故她又问：

“你到什么时候方离开这海滨？”

“我自己也不知道。”

“自己应当知道自己。想怎么样就怎么样，你难道不想吗？”

“我想也没有用处。”

“你这是小孩子说法，还是老头子说法？小孩子，相信爸爸，因为家中人管束着他，可以那么说。老头子相信上帝，因为一切事皆以为上帝早有安排，故常常也不去过分折磨自己情感。你……”

女的说到这里时，她眼看着身边那一个有一分害羞的神气，她就不再说下去了。她估计得出他不是个“老头子”。她笑了。

那男子为了有人提说到小孩与老人，意思正像请他自行挑选，他便不得不说出下面的话语。

“我跟了我爸爸来的。我爸爸在××部里作参事，有人请我们上崂山去，我在山上住了两天厌倦了，独自跑回来了，爸爸还在山上做诗！”

“你爸爸会做诗吗？”

“他是诗人，他同梁任公夏××曾……”

“啊，你是××先生的少爷吗？”

“你认识我爸爸吗？”

“在××讲演时我见过一次，我认得他，他不认识我。”

“你愿不愿意告给我……”

女的想起了自己来此本不愿意另外还有人知道她的打算了，她实极不愿意人家知道她是××总长的小姐，她尤其不愿意想傍近她的男子，知道她是个百万遗产的承继人。现在被问到时，她一时不易回答，就把手摇着，且笑着，不许男的询问。且说：

“崂山好地方，你不欢喜吗？”

“我怕寂寞。”

“寂寞也有寂寞的好处，它使人明白许多平常所不明白的事情。但不是年轻人需要的，人年纪轻轻的时节，只要的是热闹生活，不会在寂寞中发现什么的。”

“你样子像南方人，言语像北方人。”

“我的感情呢，什么都不像。”

“我似乎在什么地方看过你。”

“这是句绅士说的话，绅士看到什么女人，想同她要好一点儿时，就那么说，其实他们在过去任何一时皆并不见到，他那句话意思也不过是说‘我同你熟了’或‘看你使人舒服’罢了。你是不是这意思？”

男的有点羞怯了，把手去抓取身边的小石子，奋力向海中掷去，要说什么又不好说，不敢说。其实他记忆若好一点，就能够说得出他在某种画报上看到过她的相片。但他如今一时却想不起。女的希望他活泼点儿，自由点儿，于是又说：“我们应当成为很好的朋友，你说，我是怎么样一种人？”

男的说：

“我不知道你是怎么样身份的人，但你实在是个美人！”

听到这种不文雅的赞美，女的却并不感觉怎样难堪。其实他不必说出来，她就知道她的美丽早已把这孩子眼目迷乱了。这时她正躺着，四肢匀称柔和，她穿的原是一件浴衣，浴衣外面再罩了一件白色薄绸短褂。这短褂落水时已弄湿，紧紧地贴着身体，各处襞皱着。她这时便坐了起来，开始脱去那件短褂，拧去了水，晾到身边有太阳处去。短褂脱掉后，这女人发育合度的肩背与手臂，以及那个紧束在浴衣中典型的胸脯，皆收入了男子的眼底。

男子重新拾起了一粒石子，奋力向海中抛去，仿佛那么一来，把一点儿引起妄想的东西同时也就抛入了海中。他说：“得把它摔得极远极远，我会做这件事！”但石子多着，他能摔尽吗？

女的脱掉短褂后，站起来活动了一下四肢，也拾起了一粒石子向海中摔去，成绩似乎并不出色，女的便解嘲一般说道：

“这种事我不成，这是小孩子做的事！”

两人想起了那只搁在浅滩上的小船，便一同跑下去看船，从水边拉起搁到沙上，且坐在那船边玩。玩得正好，男的忽向先前两人所在的小阜上跑去，过一会儿，才又见他跑回来，原来他为得是去拿女人那件短褂！把短褂拿来时晾到船边，直到这时两人似乎才注意到这个男子身上所穿的衣服，不是入水的衣服。这男孩子把船从浴场方面绕过炮台摇来时，本不预备到水中去，故穿的是一件白色翻领衬衫，一件黄色短裤。当时因为匆忙援救女子，故从岩壁上直向海中跳下，后来虽离了险境，女子苏醒了，只顾同她谈话，把自己全身也忘记了。

若干时以来，湿衣在身上还裹着，这时女子才说：

“你衣全湿了，不好受吧？”

“不碍事。”

“你不脱下衣拧拧吗？”

“不碍事，晒晒就干了。”

男子一面用木枝画着沙土，一面同女子谈了很多的话。他告给她，关于他自己过去未来的事情，或者说得太多了些，把不必说到的也说到了，故后来女人就问他是不是还想下海中去游泳一阵。他说他可以把小船送她回到惠泉浴场去，她却告他不必那么费事，因为她的船是旅馆的，走到前面去告给巡警一声，就不再需要照料了。她自己正想坐车回去。

其实她只是因为同这男子太接近了，无从认清这男子。她想让他走后，再来细细玩味一下这件凑巧的奇遇。

她爬上小阜去，眼看那男孩子上了船，把船摇着离开了海岸后，

她这时便坐了起来，开始脱去那件短褂，拧去了水，晾到身边有太阳处去。短褂脱掉后，这女人发育合度的肩背与手臂，以及那个紧束在浴衣中典型的胸脯，皆收入了男子的眼底。

这方面摇着手，那方面也摇着手，到后船转过峭壁不见了，她方重新躺下，甜甜地睡了一阵。

他们第二天又在浴场中见了面。

他们第三天又把船沿海摇去，停泊在浴人稀少的长沙旁小湾里，在原来树林里玩了半天。分别时，那女孩子心想：“这倒是很好的，他似乎还不知道说爱谁，但处处见得他爱我！”她用的是快乐与游戏心情，引导这个男孩子的感情到了一个最可信托的地位。她忘了这事情的危险。弄火的照例也就只因为火的美丽，忘了一切灼手的机会。

那男孩子呢，他欢喜她。他在她面前时，又活泼，又年轻，离开她时，便诸事毫无意绪。他心乱了。他还不会向她说“他爱了她”，他并不清楚什么是爱。

她明白他是不会如何来说明那点心中烦乱的爱情的，她觉得这些方面美丽处，永远在心上构成一条五色的虹。

但两人在凑巧中成了朋友，却仍然在另一凑巧中发生了点误会，终于又离开了。

一个极长的冬天

那年秋天他转入了北京的工业大学理科。她也到了北京入了燕京教会大学的文科二年级。

他们仍然见了面。她成了往日在南海之滨所见到的一个十七岁女孩子，非得到那个男孩子不成了。

她爱了他。他却因为明白了她就是一个官僚的女子，且从一些不可为据的传闻上，得到这个女人一些故事，他便尽避着她。

年龄同时形成两人间一种隔阂，女人却在意外情形中成为一个失恋者。在各样冷淡中她仍然保持到她那份真诚。至于他呢？还只是一个二十一岁的孩子，气概太强了点儿，太单纯了点儿，只想在化学中将来能有一份成就，对于国家有所贡献。这点儿单纯处使他对于恋爱看得与平常男子不同了。事实上他还是个小孩子，有了信仰，就不要恋爱了。

如此在一堆无多精彩的连续而来的日子中，打发了将近一千个日子。两人只在一份亲切友谊里自重地过着下去。

到后却终于决裂了，女人既已毕了业，且在那个学校研究院过了一年，他也毕业了。她明白这件事应得有一个结束，她便结束了这件事，告给他，她已预备过法国去。那男的只是用三年来已成习惯的态度，对于她所说的话表示同意，他到后却告她，他只想到上海一家酸类工厂做助理技师，积了钱再出国读书。

她告他只要他想读书，她愿意他把她当个好朋友，让她借给他一笔钱。他就说他并不想这样读书，这种读书毫无意思。

他们另外还说了别的，这骄傲美丽的男子，差不多全照上面语气答复女子。

她到后便什么话也不说，只预备走了。

他恰好于这时节在实验室中了毒。

后来入了医院，成为协和医院病房中一位常住者，病房中病人床边那张小椅子上，便常常坐了那个女子。

人在病中性情总温柔了些。

他们每天温习三年前那海上一切，这一片在各人印象中的海，颜色鲜明，但两人相顾，却都不像从前那么天真了。这病对于女人给了许多机会，使女人的柔情，在各种小事上，让那个躺在白色被单里的病人，明白它，领会它。

春天，有雪微融的春天。

不，黄叶做证。这不是春天！

一辆汽车停顿在西山饭店前门土地上，出来了一个男子，一个颀长俊美的男子，一个女人，一个穿了绿色丝质长袍的女人，两人看了三楼一间明亮的房间。一会儿，汽车上的行李，一个黄衣箱，一个黑色打字机小箱，从楼下搬来时，女人告给穿制服的仆役，嘱告汽车夫，等一点钟就要下山。

过了一点钟后，那辆汽车在八里庄坦平官道上向城中跑去时，却只是一辆空车。

将近黄昏时，男子拥了薄呢大衣，伴同女人立定在旅馆屋顶石栏杆边，望一抹轻雾流动于山下平田远村间，天上有赧霞如女人脸庞。天空东北方角隅里，现出一粒星星，一切皆如梦境。旅馆前面是上八大处的大道，山道上正有两个身穿中学生制服的女孩子，同一个穿翻领衬衣黄色短裤子的男子，向旅馆看门人询问上山过某处的道路。一望而知，这些年轻人皆是从城中结伴上山来旅行的。

女人看看身旁久病新瘥的男子，轻轻地透了口气。

去旅馆大约半里远近，有一个小小山阜，阜上种的全是洋槐，那树林浴在夕阳中，黄色的叶子更觉得耀人眼目。男子似乎对这小阜发生了兴味，向女人说：

“我们到那边去看看好不好？”

女人望了一望他的脸儿，便轻轻地说：

“你不是应当休息吗？”

“我欢喜那个小山。”男的说，“这山似乎是我们的……”

“你不能太累！”女的虽那么说，却侧过了身，让男的先走。

“我精神好极了，我们去玩玩，回来好吃饭。”

两人不久就到了那山阜树林。这里一切恰恰同数年前的海滨地方一样，两人走进树林时，皆有所惊讶，不约而同急促地举步穿过树林，仿佛树林尽处，即是那片变化无方的大海。但到了树林尽头处，方明白前面不是大海，却只是一个私人的坟地。女的一见坟地，为之一怔，站着发了痴。男的却不注意到这坟地，只愉快地笑着。因为更远处，夕阳把大地上一切皆镀了金色，奇景当前，有不可形容的瑰丽。

男子似乎走得太急促了一些，已微微作喘，把手递给女子后，便问女子这地方像不像一个两人十分熟悉的地方。她听着这个询问时，轻微地透了一口气，勉强笑着，用这个微笑掩饰了自己的感情。

“回忆使人年轻了许多。”男的自语地说着。

但那女的却自心中回答着：“一个人用回忆来生活，显见得这人生活也只剩下些残余渣滓了。”

晚风轻轻地刷着槐树，黄色叶子一片一片落在两人身上与脚边，男子心中既极快乐，故意做成感慨似的说：

“夏天过了，春天在夏天的前面，继着夏天而来的是秋天。多美丽的秋天！”

他说着，同时又把眼睛望着有了秋意的女人的眼、眉、口、鼻。她的确是美丽的，但一望而知这种美丽不是繁花压枝的三月，却是黄叶满地的八月。但他现在觉得她特别可爱，觉得那点儿妩媚处，却使她超越了时间的限制，变成永远天真可爱，永远动人吸人的好处了。他想起了几年来两人间的关系，如何交织了眼泪与微笑。他想起她因爱他而发生的种种事情，他想起自己，几年来如何被爱，却只是初初看来好像故意逃避，其实说来则只漫无理性地拒绝，便带了三分羞惭，把一只手向女人伸去，两人握着了手，眼睛对着眼睛时，他便抱歉似的轻轻地说：

“我快乐得很。我感谢你。”

女人笑了。瞳子湿湿的，放出晶莹的光。一面愉快地笑，一面似乎也正孤寂地有所思索，就在那两句话上，玩味了许久，也就正是把自己嵌入过去一切日子里去。

过了一会儿，女人说：

“我也快乐得很。”

“我觉得你年轻了许多，比我在山东那个海边见你时还年轻。”

“当真吗？”

“你看我的眼睛，你看看，你就明白你的美丽处，如何反映在一个男子惊讶上！”

“但你过去并从不为什么美丽所惊讶，也不为什么温柔所屈服。”

“我这样说过吗？”

“虽不这样说过，却有这样事实。”

他傍近了她，把另一只手轻轻地搭上她的肩部，且把头靠近她鬓边去。

“我想起我自己糊涂处，十分羞惭。”

她把脸掉过去，遮饰了自己的悲哀，却轻轻地说道：

“看，下面的村子多美！”

男子同一个小孩子一样，走过她面前去，搜索她的脸，她便把头低下去，不再说话。他想拥她，她却向前跑了。前面便是那个不知姓氏的坟园短墙，她站在那里不动，他赶上前去把她两只手捏得紧紧的，脸对着脸，两人皆无话可说。两人皆似乎触着一样东西，喑哑了，不能用口再说什么了。

女的把一只白白的手摩着男的脸颊同胳膊：“冷不冷？夜了，我们回去。”男的不说什么，只把那只手拖过嘴边吻着。

两人默默地走回去。

到旅馆后，男的似乎还兴奋，躺在一张靠背椅上，女的则站在他的身边，带着亲切的神气，把手去抚男子的额部，且轻轻地问他：

“累不累？头昏不昏？”

男的便仰起头颅，看到女人的白脸，做将近第五十次带着又固执又孩气的模样说：

“我爱你。”

女的笑说：

“不爱既不必用口说我就明白，爱也可以无须用口说。”

男的说：

“还生我的气吗？”

女的说：

“生你什么气？生气有什么用处？”

两人后来在煤油灯下吃了晚饭。饭吃过后，女的便照医生所嘱咐的把两种药水混合到一个小瓶子里，轻轻地摇了一会，再倒出到白瓷

女的把一只白白的手摩着男的脸颊同胳膊：“冷不冷？夜了，我们回去。”男的不说什么，只把那只手拖过嘴边吻着。

杯子里去。

服过了药，男的躺在床上，女的便坐在床边，同他来谈说一切过去事情。

两人谈到过去在海边分手那点儿误会时，男的向女的说：

"……你不是说过让我另外给你一个机会，证明你是个什么样的人吗？我问你，究竟是什么样的机会？"

女的不说什么，站起了一下，又重复坐下去，把脸贴到男的脸边去。男的只觉得香气醉人，似乎平时从不闻过这种香味。

第二天早上约莫八点钟，男的醒来时，房中不见女人，枕头边有个小小信封，一个外面并不署名，一拈到手中却知道有信件在里面的白色封套。撕去了那个信封的纸皮，里面果然有一张写了字的白纸，信上写着：

我不知为什么，总觉得走了较好，为了我的快乐，为了不委屈我自己的感情，我就走了。莫想起一切过去有所痛苦，过去既成为过去，也值不得把感情放在那上面去受折磨。你本来就不明白我的。我所希望的，几年来为这点儿愿心经验一切痛苦，也只是要你明白我。现在你既然已明白我，而且爱了我，为了把我们生命解释得更美一些，我走了，当然比我同你住下去较好的。

你的药已配好，到时照医生说的方法好好吃完，然后仍然安静地睡觉。学做个男子，学做个你自己平时以为是男子的模样，不必大惊小怪，不必让旅馆中知道什么。

希望你能照往常一样，不必担心我的事情。我并不是为了增加你的想念而走的。我只觉得我们事情业已有了一个着落，我应当走，我就走了。

愿天保佑你！

如蕤 留

把信看完后，他赶忙揿床边电铃，听差来了，他手中还捏着那个信。本想询问那听差的，同房女人什么时候下的山，但一看到听差，却不作声，只把头示意，要他仍然出去。听差拉上了门出去后，他伸手去攫取那个药瓶，药瓶中的白汁，被振荡时便发着小小泡沫。

他望着这些泡沫在振荡静止以后就消灭了，便继续摇着。他爱她，且觉得真爱了她。

*1933年6月在青岛写成*①

①本篇曾以《女人》为篇名分17次连载于1933年8月25日—9月10日《申报·自由谈》。署名沈从文。这是作者以《女人》为篇名的作品之一。

都市一妇人

一

一九三〇年我住在武昌，因为我有个作军官的老弟，那时节也正来到武汉，办理些关于他们师部军械的公事，从他那方面我认识了好些少壮有为的军人。其中有个年龄已在五十左右的老军校，同我谈话时比较其余年轻人更容易了解一点，我的兄弟走后，我同这老军校还继续过从，极其投契。这是一个品德学问在军官中都极其稀有罕见的人物，说到才具和资格，这种人作一军长而有余。但时代风气正奖励到一种恶德，执权者需要投机迎合比需要学识德性的机会较多，故这个老军校命运，就只许他在那种散职上，用一个少将参议名义，向清乡督办公署，按月领一份数目不多不少的薪俸，消磨他闲散的日子。有时候我们谈到这件事情时，常常替他不平，免不了要说几句年轻人有血气的粗话，他就望到我微笑。

“一个军人欢喜《庄子》，你想想，除了当参议以外，还有什么更适当的事务可作？”他那种安于其位与世无争的性格，以及高尚洒脱可爱处，一部《庄子》同一瓶白酒，对于他都多少发生了些影响。

这少将独身住在汉口，我却住在武昌，我们住处间隔了一条长年是黄色急流的大江。有时我过江去看他，两人就一同到一个四川馆子去吃干烧鲫鱼。有时他过江来看我，谈话忘了时候，无法再过江了，就留在我那里住下。我们便一面吃酒，一面继续那个未尽的谈话，听到了蛇山上驻军号兵天明时练习喇叭的声音，两人方横横地和衣睡去。

有一次我过江去为一个同乡送行，在五码头各个小火轮趸船上，找寻那个朋友不着，后来在一趸船上却遇到了这少将，正在趸船客舱里，同一个妇人说话。妇人身边堆了许多皮箱行李，照情形看来，他也是到此送行的。送走的是一男一女，男的大致只二十三四岁，一个长得英俊挺拔十分体面的青年，身穿灰色袍子，但那副身材，那种神气，一望而知这青年应是在军营中混过的人物。青年沉默地站在那里，微微地笑着，细心地听着在他面前的少将同女人说话。女人年纪仿佛已经过了三十岁，穿着十分得体，华贵而不俗气，年龄虽略长了一点，风度尚极动人，且说话时常常微笑，态度秀媚而不失其为高贵。这两人从年龄上估计既不大像母子，从身份上看去，又不大像夫妇，我以为或者是这少将的亲戚，当时因为他们正在谈话，上船的人十分拥挤，少将既没有见到我，我就也不大方便过去同他说话。我各处找寻了一下同乡，还没有见到，就上了码头，在江边马路上等候到少将。

青年沉默地站在那里，微微地笑着，细心地听着在他面前的少将同女人说话。

半点钟后，船已开行了，送客的陆续散尽了，我还见到这少将站在趸船头上，把手向空中乱挥，且下了趸船在泥滩上追了几步，船上那两个人也把白手巾挥着。船已去了一会，他才走上江边马路。我望到他把头低着从跳板上走来，像是对于他的朋友此行有所惋惜的神气。

于是我们见到了，我就告给他，我也是来送一个朋友的，且已经见到了他许久，因为不想妨碍他们的谈话，所以不曾招呼他一声。他听我说已经看见了那男子和妇人，就用责备我的口气说：“你这讲礼貌的人，真是当面错过了一种好机会！你这书呆子，怎么不叫我一声？我若早见到你就好了。见到你，我当为你们介绍一下！你应当悔恨你过分小心处，在今天已经作了一件错事，因为你若果能同刚才那女人谈谈，你就会明白你冒失一点也有一种冒失的好处。你得承认那是一个华丽少见的妇人，这个妇人她正想认识你！至于那个男子，他同你弟弟是要好的朋友，他更需要认识你！可惜他的眼睛看不清楚你的面目了，但握到你的手，听你说的话，也一定能够给他极大的快乐！”

我才明白那青年男子沉默微笑的理由了。我说：“那体面男子是一个瞎子吗？”朋友承认了。我说：“那美丽妇人是瞎子的太太吗？”朋友又承认了。

因为听到少将所说，又记起了这两夫妇保留到我印象上那副高贵模样，我当真悔恨我失去的那点机会了。我当时有点生自己的气，不再说话，同少将穿越了江边大路，走向法租界的九江路，过了一会儿，我才追问到船上那两个人从什么地方来，到什么地方去，以及其他旁的许多事情。原来男子是湘南××一个大地主的儿子，在广东黄埔军校时，同我的兄弟在一队里生活过一些日子，女人则从前一些日子曾出过大名，现在人已老了，把旧的生活结束到这新的婚姻上，正预备一同返乡下去，打发此后的日子，以后恐不容易再见到了。少将说到这件事情时，夹了好些轻微叹息在内。我问他为什么那样一个年轻人眼睛会瞎去，是不是受下那军人无意识的内战所赐，他只答复我“这是去年的事情”。在他言语神色之间，好像还有许多话一时不能说到，又好像在那里有所计划，有所隐讳，不欲此时同我提到。结果他却说：“这是一个很不近人情的故事。”但在平常谈话之间，少将所谓不近人情故事，我听到的已经很多，并且常常没有觉得怎么十分不近人情处，故这时也不很注意，就没有追问下去。过××路一戏院门前时，碰到了我一个同乡，我们三个人就为别一件事情，把船上两个人忘却了。

回到武昌时，我想起了今天船上那一对夫妇，那个女人在另一时我似乎还在什么地方看到过，总想不出在北京还是在上海。因为忘不掉少将所说的这两夫妇对于我的未识面的友谊，且知道这机会错过去后，将来除了我亲自到湘南去拜访他们时，已无从在另外什么机会上可以见到，故更为所错过的机会十分着恼。

过了两天是星期，学校方面无事情可作，天气极好，想过江去寻找少将过汉阳，同他参观兵工厂。在过江的渡轮上，许多人望着当天的报纸，谈论到一只轮船失事的新闻，我买了份本地报纸，第一眼就看到了“仙桃”失事的电报。我糊涂了。“这只船不正是前天开走的那只吗？”赶忙把关于那只船失事的另一详细记载看看，明白了我的记忆完全不至于错误，的的确确就是前天开行的一只，且明白了全船四百七十几个人，在措手不及情形下，完全皆沉到水中去，一个也没有救起。这意外消息打击到我的感觉，使我头脑发胀发眩，心中十分难过，却不能向身边任何人说一句话。我于是重新又买了另外一份报纸，看看所记载的这一件事，是不是还有不同的消息。新买那份报纸，把本国军舰目击那只船倾覆情形的无线电消息，也登载出来，人船俱尽，一切业已完全证实了。

我自然仍得渡江过汉口去，找寻我那个少将朋友！我得告知他这件事情，我还有许多话要问他，我要那么一个年高有德善于解脱人生幻灭的人，用言语帮助到我，因为我觉得这件事使我受了一种不可忍受的打击。我心中十分悲哀，却不知我损失的是些什么。

上了岸，在路上我就很糊涂地想到：“假如我前天没有过江，也没有见到这两个人，也没有听到少将所说的一番话，我不会那么难受吧。”可是人事是不可推测的，我同这两人似乎已经相熟，且俨然早就成为最好的朋友了。

到了少将住处以后，才知道他已出去许久了。我在他那里，等了一会，留下了一个字条，又糊糊涂涂在街上走了几条马路。到后忽然又想：“莫非他早已得到了消息，跑到我那儿去了？”于是才渡江回我的住处。回到住处，果然就见到了少将，见到他后我显得又快乐又忧愁。这人见了我递给他的报纸，就把我手紧紧地揿住握了许久。我们一句话都不说，我们简直互相对看的勇气也失掉了，因为我们都知道了这件事情，用不着再说了。

可是我的朋友到后来笑了，若果我的听觉是并不很坏的，我实在还听到他轻轻地在说："死了是好的，这收场不恶。"我很觉得奇异，由于他的意外态度，引起了我说话的勇气。我问他这是怎么一回事。怎么一回事？只有天知道！这件事可以去追究它的证据和根源，可以明白那些沉到水底去的人，他们的期望，他们的打算，应当受什么一种裁判，才算是最公正的裁判，这当真只有天知道了！

二

一九二七年左右时节，××师以一个最好的模范军誉，驻防到×地方的事，这名誉直到一九三〇年还为人所称道。某一天师部来了四个年轻男子，拿了他们军事学校教育长的介绍信，来谒见师长。这会见的事指派到参谋处来，一个上校参谋主任代替了师长，对于几个年轻人的来意，口头上询问了一番，又从过去经验上各加以一种无拘束的思想学识的检查，到后来，四人之中三个皆委充中尉连附，分发到营上去了，其余一个就用上尉名义，留下在参谋处服务。这青年从大学校脱身而转到军校，对军事有了深的信仰，如其余许多年轻大学生一样，抱了牺牲决心而改图，出身膏腴，脸白身长，体魄壮健，思想正确，从相人术方法上看来，是一个具有毅力与正直的灵魂极合于理想的军人。年轻人在时代兴味中，有他自己哲学同观念，即在革命队伍里，大众同志之间，见解也不免常常发生分歧，引起争持。即或是错误，但那种诚实无伪的纯洁处，正显得这种年轻人灵魂的完美无疵。到了参谋处服务以后，不久他就同一些同志，为了意见不合，发了几次热诚的辩论。忍耐、诚实、服从、尽职，这些美德一个下级军官所不可缺少的，在这年轻人方面皆完全无缺，再加上那种可以说是华贵的气度，使他在一般年轻人之间，乃如群鸡中一只白鹤，超拔挺特，独立高举。

这年轻人的日常办事程序，应受初来时节所见到的那个参谋主任的一切指导。这上校年纪约有五十岁左右，一定有了什么错误，这实在是安顿到大学校去应分比安顿在军队里还相宜的人物。这上校日本士官学校初期毕业的头衔，限制了他对于事业选择的自由，所以一面读了不少中国旧书，一面还得同一些军人混在一处。天生一种最难得的好性情，就因为这性情，与人不同，与军人身份不称，多少同学同事皆向上高升，作省长督办去了，他还是在这个过去作过他学生现在身充师长的同乡人部队里，认真克己地守着他的参谋职务。

为时不久，在这个年轻人同老军官中间，便发生了一种极了解的友谊了，这友谊是维持在互相极端尊敬上面的。两人年份上相差约三十岁，却因为智慧与性格有一致契合处，故成了忘年之交。那年长的一个，能够喝很多的酒，常常到一个名为“老兵”的俱乐部去，喝那种高贵的白铁米酒。这俱乐部定名为“老兵”，来的却大多数是些当地的高级军人。这些将军，这些伟人，有些已退了伍，不再做事，有些身居闲曹，事情不多，或是上了点儿年纪，欢喜喝一杯酒，谈谈笑话，打打不成其为赌博的小数目扑克，大都觉得这是一个极相宜的地方。尤其是那些年纪较大一点儿的人物，他们光荣的过去，他们当前的娱乐，自然而然都使他们向这个地方走来，离开了这个地方，就没有更好的更合乎军人身份的去处了。

这地方虽属于高级军人所有，提倡发起这个俱乐部的，实为一个由行伍而出身的老将军，故取名为老兵俱乐部。老兵俱乐部在××还是一个极有名的地方，因为里面不谈政治，注重正当娱乐，娱乐中凡包含了不道德的行为，也不能容许存在。还有一样最合理的规矩，便是女子不能涉足。当初发起人是很得军界信仰的人，主张在这俱乐部里不许女人插足，那意思不外乎以为女人常是祸水，对军人常常特别不相宜。这意见经其他几个人赞同，到后便成为规则了。由于规则的实行，如同军纪一样，毫不含糊，故这俱乐部在××地方倒很维持到一点令誉。这令誉恰恰就是其他那些用俱乐部名义组织的团体所缺少的东西。

不过到后来，因为使这俱乐部更道德一点，却有一个上校董事，主张用一个妇人来主持一切。当时把这个提议送到董事会时，那上校的确用的是“道德”名义，到后来这提议很稀奇地通过了，且即刻就有一个中年妇人来到俱乐部了。据闻其中还保留到一种秘密，便是来到这里主持俱乐部的妇人，原来就是那个老兵将军的情妇。某将军死后，十分贫穷，妇人毫无着落，上校知道这件事，要大家想法来帮助那个妇人，妇人拒绝了金钱的接受，所以大家商量想了这样一种办法。但这种事知道的人皆在隐讳中，仅仅几个年老军官明白一切。妇人年龄已在三十五岁左右，尚保存一种少年风度，性情端静明慧，来到老兵俱乐部以后，几个老年将军，皆对这妇人十分尊敬客气，因此其余来此的人，也猜想得出，这妇人一定同一个极有身份的军人有点古怪关系，但却不明白这妇人便是老兵俱乐部第一个发起人的外妇。

×师上校参谋主任，对于这妇人过去一切，知道得却应比别的老军人更多一点。他就是那个向俱乐部董事会提议的人，老兵将军生时是他最好的朋友，老兵将军死时，便委托到他照料过这个秘密的情妇。

这妇人在民国初年间，曾出没于北京上层贵族社交界中。她是一个小家碧玉，生小聪明，相貌俏丽，随了母亲往来于旗人贵家，以穿扎珠花，缝衣绣花为生。后来不知如何到了一个老外交家的宅中去，被收留下来做了养女，完全变更了她的生活与命运，到了那里以后，过了些外人无从追究的日子，学了些华贵气派，染了些娇奢不负责任的习惯。按照聪明早熟女子当然的结果，没有经过养父的同意，她就嫁给了一个在外交部办事的年轻科长。这男子娶她也是没有得到家中同意的。两人都年轻美貌，正如一对璧人，结了婚后，曾很狂热地过了些日子。到后男子事情掉了，两人过上海去，在上海又住了些日子，用了许多从别处借来的钱。那年轻男子不是傻子，他起初把女人看成天仙，无事不遵命照办，到上海后，负了一笔大债，而且他慢慢看出了女人的弱点，慢慢地想到为个女人同家中那方面决裂实在只有傻子才做的事，于是，在某次小小争持上，拂袖而去，从此不再见面了。他到哪儿去了呢？女人是不知道的，可是瞧到女人此后生活看来，这男子是走得很聪明，并不十分错误的。但男子也许是自杀了，因为女子当时并不疑心他有必须走去的理由，且此后任何方面也从不见过这个男子的名姓。自从同住的男子走后，经济的来源断绝了。民国初年间的上海地方住的全是商人，还没有以社交花名义活动的女子，她那时只二十岁，自然地想法回到北京去，自然地同那个养父忏悔讲和，此后生活才有办法。因此先寄信过北京去，报告一切，向养父承认了一切过去的错误，希望老外交家给她一点恩惠，仍然许她回来。老外交家接到信后，即刻寄了五百块钱，要她回转北京，一回北京，在老人面前流点委屈的眼泪，说些引咎自责的话，自然又恢复一年前的情形了。

但女人是那么年轻，又那么寂寞，先前那个丈夫，很明显的既不曾正式结婚，就没有拘束她行动的权利，为时不久，她就又被养父一个年约四十岁左右的朋友引诱了去。那朋友背了老外交家，同这女子发生了不正当的关系。女子那么狂热爱着这中年绅士，但当那个男子在议会中被××拉入名流内阁，发表为阁员之一后，却正式同军阀××姨妹订了婚，这一边还仍然继续到一种暧昧的往来。女人明白了，十分伤心，便坦白地告给了养父一切被欺骗的经过。由于老外交家的质问，那绅士承认了一切，却希望用妾媵的位置处置到女子，因为这绅士是知道女人根柢，以及在这一家的暧昧身份的。由于虚荣与必然的习惯，女人既很爱这个绅士，没有拒绝这种提议，不久以后就作了总长的姨太太。

××事议会贿案发觉时，牵连了多少名人要人，×总长逃到上海去了。一家过上海以后，×总长二姨太太进了门，一个真实从妓院中训练出来的人物，女子在名份上无位置，在实际上又来了一个敌人，而且还有更坏的，就是为时不久，丈夫在上海被北京政府派来的人，刺死在饭店里。

老外交家那时已过德国考察去了。命运启示到她，为的是去找一个宽广一些的世界，可以自由行动，不再给那些男子的糟蹋，却应当在某种事上去糟蹋一下男子，她同那个新来的姨太太，发生了极好的友谊，依从那个妓女出身妇人的劝告，两人各得了一笔数目可观的款项，脱离了原来的地位。两人独自在上海单独生活下来，实际上，她就做了妓女。她的容貌和本能都适合于这个职业，加之她那种从上流阶级学来的气度，用到社会上去，恰恰是平常妓女所缺少的，所以

她的容貌和本能都适合于这个职业，加之她那种从上流阶级学来的气度，用到社会上去，恰恰是平常妓女所缺少的，所以她很有些成就。

她很有些成就。在她那个事业上，她得到了丰富的享乐，也给了许多人以享乐。上海的大腹买办，带了大鼻白脸的洋东家，在她这里可以得到东方贵族的印象回去。她让那些对她有所羡慕有所倾心的人，献上他最后的燔祭，为她破产为她自杀的，也很有一些人。她带了一种复仇的满足，很奢侈很恣肆地过了一些日子，在这些日子中，她成了上海地方北里名花之王。“男子是只配作踏脚石，在那份职务上才能使他们幸福，也才能使他们规矩的。”这话她常常说到，她的哲学是从她所接近的那第一个男子以下的所有男子经验而来的。当她想得到某一人，或愚弄某一人时，她便显得极其热情，终必如愿以偿。但她到后厌烦了，一下就撒了手，也不回过头去看看。她如此过了将近十年。在这时期里，她因为对于她的事业太兴奋了一点，还有，就是在某一些情形中，似乎由于缺少了点节制，得了一种意义含混的恶病，在病院里住了好些日子。经过一段长期治疗，等到病好了点，出院以后，她明白她当前的事情应计划一下，是不是从新来立门户，还照样走原来的一条路。她感到了许多困难，无论什么职业的活动，停顿一次之后，都是如此的。时代风气正在那里时时有所变革，每一种新的风气，皆在那里把一些旧的淘汰，把一些新的举起，在她那一门事业上也并不缺少这种推移。更糟处，是她的病已把几个较亲切的人物吓远，而她又实在快老了。她已经有了三十余岁，旧习气皆不许她把场面缩小，她的此后来源却已完全没有把握，照这样情形下去，将来生活一定十分黯淡。

她踌躇了一些日子，决意离开了上海，到长江中部的×镇去，试试她的命运。那里她知道有的是大商人同大傻子，两者之中，她还可以得到机会，较从容地选取其一，自由地把终身交付与他，结束了这青春时代的狂热，安静消磨下半生日子。她的希望却因为到了×镇以后事业意外的顺手而把它搁下了，为了大商人与大傻子以外，还有大军人拜倒这妇人的脚下，她的暮年打算，暂时不得不抛弃了。

人世幸福照例是孪生的，忧患也并不单独存在。在生活中我们常会为一只不能目睹的手所颠覆，也常会为一种不能意想的妒嫉所陷害。一切的境遇稍有头绪，一切刚在恢复时，一个大傻子同一个军籍中人，在她住处弄出了流血命案，这命案牵累到她，使她在一个军人法庭，受了严格的质问。这审判主席便是那个老兵将军，在她的供词里，她稍稍提到一点过去诙奇不经的命运。

命案结束后，这老兵将军成了她妆台旁一位服侍体贴的仆人。经过不久时期，她却成了老兵将军的秘密别室。倦于风尘的感觉，使她性情发生了很大的变化。若这种改变是不足为奇的，则简直可以说她完全变了。在她这方面看来，老兵将军虽然人老了一点，却是在上一次命案上帮得有忙的人；在老兵将军方面，则似乎全为了怜悯而作这件事。老兵将军按月给她一笔足支开销的用费，一面又用那个正直节欲的人格，唤起了她点近于宗教的感情。当老兵将军过××做军长时，她也跟了过去，另外住到一个很少有人知道的地方。老兵将军生时，有两年的日子，她很可以说极规矩也极幸福。可是××事变发生，老兵将军死去了。她一定会这样问过自己，“为什么我不愿弃去的人，总先把我弃下？”这自然是命运！这命运不由得不使她重新来思索一下她自己此后的事情！

她为了一点预感，或者她看得出应当在某一时还得一个男子来补这个丈夫的空缺。但这个妇人外表虽然还并不失去引人注意的魔力，心情因为经过多少爱情的蹂躏，实在已经十分衰老不堪磨折了。她需要休息，需要安静，还需要一种节欲的母性的温柔厚道的生活。至于其他华丽的幻想，已不能使她发生兴味，十年来她已饱餍那种生活，而且十分厌倦了。

因此一来，她到了老兵俱乐部。新的职务恰恰同她的性情相合，处置一切铺排一切原是她的长处。虽在这俱乐部里，同一般老将校常在一处，她的行为是贞洁的。他们之间皆互相保持到尊敬，没有亵渎的情操，使他们发生其他事故。

这一面到这时应当结束一下，因为她是在一种极有规则的朴素生活中，打发了一堆日子的。可是有一天，那个上校把他的少年体面朋友邀到老兵俱乐部去了，等到那上校稍稍感觉到这件事情做错了时，已经来不及了。

还只是那个上尉阶级的朋友，来到××二十天左右，×师的参谋主任，把他朋友邀进了老兵俱乐部。这俱乐部来往的大多数是上了点年纪的人物，少年军官既吓怕到上级军官，又实在无什么趣味，很少有见到那么英拔不群的年轻人来此。

两人在俱乐部大厅僻静的角隅上，喝着最高贵的白铁酒同某种甜酒，说到些革命以来年轻人思想行为所受的影响。那时节图书间有两个人在阅览报纸，大厅里有些年老军人在那里打牌，听到笑声同数筹码的声音以外，还没有什么人来此。两人喝了一会儿，只见一个女人，穿了件灰色绸缎青皮作边缘的宽博袍子，披着略长的黑色光滑头发，手里拿了一束朱花，走过小餐厅去。那上校见了女人，忙站起身来打着招呼。女人也望到这边两个人了，点了一下头，一个微笑从那张俊俏的小小嘴角漾开去，到脸上同眼角散开了。那种尊贵的神气，使人想起这只有一个名角在台上时才有那么动人的丰仪。

那个青年上尉，显然为这种壮观的华贵的形体引起了惊讶，当他老友注意到了他，同他说第一句话时，他的矜持失常处，是不能隐瞒到他的老友那双眼睛的。

上校将杯略举，望到年轻人把眉毛稍稍一挤，做了一个记号，意思像是要说："年轻人，小心一点，凡是使你眼睛放光的，就常常能使你中毒，应当明白这点点！"

可是另一个有一点可笑的预感，却在那上校心中蕴蓄着，还同时混合了点轻微的妒嫉，他想到："也许，一个快要熄灭了的火把，同一个不曾点过的火把并在一处，会放出极大的光来。"这想象是离奇的，他就笑了。

过一刻，女人从原来那个门边过来了，拉着一处窗口的帷幕，指点给一个穿白衣的侍者，嘱咐到侍者好些话，且向这一边望着。这顾盼从上尉看来，却是那么尊贵的，多情的。

“上校，日里好，公事不多吧。”

被称作上校的那一个说：“一切如原来样子，不好也不坏。‘受人尊敬的星子，天保佑你，长是那么快乐，那么美丽。’”后面两句话是这个人引用了几句书上话语的，因为那是一个绅士对贵妇的致白，应当显得谦逊而谄媚的，所以他也站了起来，把头低了一下。

女人就笑了。“上校是一个诗人，应当到大会场中去读××的诗，受群众的鼓掌！”

“一切荣誉皆不如你一句称赞的话。”

“真是一个在这种地方不容易见到的有学问的军官。”

“谢谢奖语，因为从你这儿听来的话，即或是完全恶骂，也使人不易忘掉，觉得幸福。”

女人一面走到这边来，一面注目望到年轻上尉，口上却说：“难道上校愿意人称为‘有严峻风格的某参谋’吗？”

“不，严峻我是不配的，因为严峻也是一种天才。天才的身份，不是人人可以学到的！”

“那么有学问的上校，今天是请客了吧？”女人还是望到那个上

女人一面走到这边来，一面注目望到年轻上尉，口上却说：“难道上校愿意人称为‘有严峻风格的某参谋’吗？”

尉，似乎因为极其陌生，“这位同志好像不到过这里。”

上校对他朋友看看，回答了女人：“我应当来介绍介绍：这是我一个朋友，……郑同志，……这是老兵俱乐部主持人，××小姐。”两个被介绍过了的皆在微笑中把头点点。这介绍是那么得体的，但也似乎近于多余的，因为爱神并不先问清楚人的姓名，才射出那一箭。

那上校接着还说了两句谑不伤雅的笑话，意思想使大家自由一点，放肆一点，同时也许就自然一点。

女人望到上校微微地笑了一下，仿佛在说着：“上校，你这个朋友漂亮得很。”

但上校心里却俨然正回答着：“你咧，也是漂亮的。我担心你的漂亮是能发生危险的，而我朋友漂亮却能产生愚蠢的。”自然这些话他是不会说出口的。

女人以为年轻军人是一个学生了，很随便地问：“是不是骑兵学校的？”

上校说：“怎么，难道我带了马夫来到这个地方吗？聪明绝顶的人，不要嘲笑这个没有严峻风度的军人到这样子！”

女人在这种笑话中，重新用那双很大的危险的眼睛，检查了一下桌前的上尉，那时节恰恰那个年轻人也抬起头来，由于一点力量所制服，年轻人在眼光相接以后，腼腆地垂了头，把目光逃遁了。女人快乐得如小孩子一样地说：“明白了，明白了，一个新从军校出来的人物，这派头我记起来了。”

“一个军校学生，的确是有一种派头吗？”上校说时望到一下他的朋友，似乎要看出那个特点所在。

女人说：“一个小孩子害羞的派头！”

不知为什么原因，那上校却感到一点不祥兆象，已在开始扩大，以为女人的言语十分危险，此后不很容易安置。女人是见过无数日月星辰的人，在两个军人面前，那么随便洒脱，却不让一个生人看来觉得可以狎侮，加之，年龄已到了三十四五，应当不会给那年轻朋友什么难堪了。但女人即或自己不知自己的危险，便应当明白一个对女人缺少经验的年轻人，自持的能力却不怎么济事，很容易为她那点力量所迷惑的。可是有什么方法，不让那个火炬接近这个火炬呢？他记起了，从老兵将军方面听来的女人过去的命运，他自己掉过头去苦笑了一下，把一切看开了。

但女人似乎还有其他事情等着，说了几句话却走了。

上校见到他的年轻朋友，沉默着没有话说，他明白那个原因，且明白他的朋友是不愿意这时有谁来提到女人的，故一时也不曾作声。可是那年轻朋友，并不为他所猜想的那么做作，却坦白地向他老朋友说：“这女人真不坏，应当用充满了鲜花的房间安顿她，应当在一种使一切年轻人的头都为她而低下的生活里生活，为什么却放到这里来作女掌柜？”

上校不好怎么样告给他朋友女人所有过去的历史。不好说女人在十六年前就早已如何被人逢迎，过了些热闹日子，更不好将女人目前又为什么才来到这地方，说给年轻人知道，只把话说到别方面去：“人家看得出你军校出身的，我倒分不出什么。”

那年轻上尉稍稍沉默了一下，像是在努力回想先一刻的某种情景，后来就问：

“这女人那双眼睛，我好像很熟悉。”

上校装作不大注意的样子，为他朋友倒了一杯甜酒，心里想说：“凡是男子对于他所中意的眼睛，总是那么说的。再者，这双眼睛，也许在五六年前出名的图画杂志上，就常常可以看到！”

后来谈了些别的话，年轻人不知不觉尽望到女人去处那一方，上校那时已多喝了两杯，成见慢慢在酒力下解除了，轻轻地向他朋友说：“女人老了真是悲剧。”他指的是一般女人而言，却想试试看他的朋友是不是已注意到了先一时女人的年龄。

“这话我可不大同意。一个美人即或到了五十岁，也仍是一个美人！”

这大胆的论理，略略激动了那个上校一点自尊心，就不知不觉怀了点近于恶意的感情，带了挑拨的神气，同他的年轻朋友说：“先前那个，她怎么样？她的聪明同她的美丽极相称……你以为……”

年轻上尉现出年轻人初次在一个好女子面前所受的委屈，被人指问是不是爱那个女子，把话说回来了。“我不高兴那种太……的女子的。”他说了谎，就因为爱情本身也是一种精巧的谎话。

上校说：“不然，这实在是一个稀见的创作，如果我是一个年轻人，我或许将向她说：‘老板，你真美！把你那双为上帝精心创造的手臂给了我吧。我的口为爱情而焦渴，把那张小小的樱桃小口给了我，让我从那里得到一点甘露吧。’……”

这笑话，在另一时应当使人大笑，这时节从年轻上尉嘴角，却只见到一个微哂记号。他以为上校醉了，胡乱说着，而他自己，却从这个笑话里，生了自己一点点小气。

上校见到他年轻朋友的情形，而且明白那种理由，所以把话说过后笑了一会。

“郑同志，好兄弟，我明白你。你刚才被人轻视了，心上难过，是不是？不要那么小气吧。一个有希望有精力的人，不能够在女子方面太苛刻。人家说你是小孩子。你可真……不要生气，不要分辩；拿破仑的事业不是分辩可以成功的，他给我们的是真实的历史。让我问你句话，你说吧，你过去爱过或现在爱过没有？”

年轻上尉脸红了一会，并不作答。

“为什么用红脸来答复我？”

“我红脸吗？”

“你不红脸的，是不是？一个堂堂军人原无红脸事情。可是，许多年轻人见了体面妇人都红过脸的。那种红脸等于说：别撩我，我投降了！但我要你明白，投降也不是容易事，因为世界上尽有不收容俘虏的女人。至于你，你自然是一个体面俘虏！”

年轻上尉看得出他的老友醉了，不好怎么样解释，只说：“我并不想投降到这个女人面前，还没有一个女人可以俘虏我。”

“吓，吓，好的，好的。”上校把大拇指翘起，咧咧嘴，做成“佩服高明同意高见”的神气，不再说什么话。等一会儿又说：“是那么的，女人是那么的。不过世界上假若有些女人还值得我们去做俘虏时，想方设法极勇敢地去投降，也并不是坏事。你不承认吗？一个好军人，在国难临身时，很勇敢地去打仗，但在另一时，很勇敢地去投降，不见得是可笑的！”

说着，女人恰恰又出来了，上校很亲昵的把手招着，请求女人过来：“来来，受人尊敬的主人，过来同我们谈谈。我正同这位体面朋友谈到俘虏，你一定高兴听听这个。”

女人已换了件紫色长袍，像是预备出去的模样，见上校同她说话，就一面走近桌边，一面说：“什么俘虏？”女人虽那么问着，却仿佛已明白那个意义了，就望到年轻上尉说，“凡是将军都爱讨论俘虏，因为这上面可以显出他们的功勋，是不是？”

年轻上尉并不隐避那个问题的真实，“不是，我们指的是那些为女人低头的……”

女人站在桌旁不即坐下，注意地听着，同时又微笑着，等到上尉话说完后，似乎极同意的点着头，“是的，我明白了，原来这些将军常常说到的俘虏，只是这种意思！女人有那么大能力吗？我倒不相信。我自己是一个女人，倒不知道被人这样重视。我想来或者有许多聪明体面女子，懂得到她自己的魔力。一定有那种人。也有这种人，如像上校所说‘勇敢投降’的。”

把话说完后，她坐到上校这一方，为得是好对了年轻上尉的面说话。上校已喝了几杯，但他还明白一切事情，他懂得女人说话的意思，也懂得朋友所说的意思，这意思虽然都是隐藏的，不露的，且常常和那正在提到的话相反的。

女人走后，上校望到他的年轻朋友，眼睛中正闪耀一种光辉，他懂得那种光辉，是为什么而燃烧为什么而发亮的。回到师部时，同那个年轻上尉分了手，他想起未来的事情，不知为什么觉得有点发愁。平常他并不那么为别的事情挂心，对于今天的事可不大放心得下。或者，他把酒吃多了一点也未可知。他睡后，就梦到那个老兵将军，同那个女人，像一对新婚夫妇，两人正想上火车去，醒来时间已夜了。

一个平常人，活下地时他就十分平常，到老以后，一直死去，也不会遇到什么惊心骇目的事情。这种庸人也有他自己的好处，他的生活自己是很满意的。他没有幻想，不信奇迹，他照例在他那种沾沾自喜无热无光生命里十分幸福。另外一种人恰恰相反。他也许希望安定，羡慕平庸，但他却永远得不到它。一个一切品德境遇完美的人，却常常在爱情上有了缺口。一个命里注定旅行一生的人，在梦中他也只见到旅馆的牌子，同轮船火车。“把老兵俱乐部那一个同师部参谋处服务这一个，像两把火炬并在一起，看看是不是燃得更好点？”当这种想象还正在那个参谋主任心中并不十分认真那么打算时，上帝或魔鬼，两者必有其一，却先同意了这件事，让那次晤谈，在两个人印象上保留下一点拭擦不去的东西。这东西培养到一个相当时间的距离上，使各人在那点印象上扩大了对方的人格。这是自然的，生疏能增加爱情，寂寞能培养爱情，两人那么生疏，却又那么寂寞，各人看到对面最好的一点，在想象中发育了那种可爱的影子，于是，老兵俱乐部的主持人，离开了她退隐的事业，跑到上尉住处，重新休息到一个少壮热情的年轻人胸怀里去，让那两条结实多力的臂膀，把她拥抱得如一个处女，于是她便带着狂热羞怯的感觉，做了年轻人的情妇了。

当那个参谋上校从他朋友辞职呈文上，知道了这件事情时，他笑着走到他年轻朋友新的住处去，用一个伯父的神气，嘲谑到他自己那么说："这事我没有同意神却先同意了，让我来补救我的过失吧。"他为这两个人证了婚，请这两个人吃了酒，还另外为他的年轻朋友介绍了一个工作，让这一对新人过武汉去。

"日子在那些有爱情的生活里照例过得是极快的，"少将对我说，"虽然我住在××，实在得过了他们很多的信，也给他们写了许多信。我从他们两人合写的信上，知道他们生活过得极好，我于是十分快乐，为了那个女子，为了她那种天生丽质十余年来所受的灾难，到中年后却遇到了那么一个年轻、诚实、富有、一切完美无疵的男子，这份从折磨里取偿的报酬，使我相信了一些平时我决不相信的命运。"

"女人把上尉看得同神话中的王子，女人近来的生活，使我把过去一时所担心的都忘掉了。至于那个没有同老友商量就做了这件冒险事情的上尉呢？不必他来信说到，我也相信，在他的生活里，所得到的体贴与柔情，应当比作驸马还幸福一点。因为照我想来，一个年纪十九岁的公主，在爱情上，在身体上，所能给男子的幸福，会比那个三十五岁的女人更好更多点，这理由我还找寻不出的。”

可是这个神话里的王子，在武汉地方，一个夜里，却忽然被人把眼睛用药揉坏了。这意外不幸事件的来源，从别的方面探听是毫无结果的。有些人以为由于妒嫉，有些人又以为由于另一种切齿。女人则听到这消息后晕去过几次。把那个不幸者抬到天主堂医院以后，请了好几个专家来诊治，皆因为所中的毒极猛，瞳仁完全已失了它的能力。得到这消息，最先赶到武汉去的，便是那个上校。上校见到他的朋友，躺在床上，毫无痛苦，但已经完全无从认识在他身边的人。女人则坐到一旁，连日为忧愁与疲倦所累，显得清瘦了许多。那时正当八点左右，本地的报纸送到医院来了，因为那几天××正发生事情，长沙更见得危迫，故我看了报纸，就把报纸摊开看了一下。要闻栏里无什么大事足堪注意，在社会新闻栏内，却见到一条记载，正是年轻上尉所受的无妄之灾一线可以追索的光明，报纸载“九江捉得了一个行使毒药的人，只须用少许自行秘密制的药末，就可以使人双眼失明。说者谓从此或可追究出本市所传闻之某上尉被人暗算失明案”。上校见到了这条新闻，欢喜得踊跃不已，赶忙告给失明的年轻朋友。可是不知为什么，女人正坐在一旁调理到冷罨纱布，忽然把瓷盘掉到地下，脸色全变了。不过在这报纸消息前，谁都十分吃惊，所以上校当时并没有觉得她神色的惨怛不宁处，另外还潜伏了别的惊讶。

武汉眼科医生，向女人宣布了这年轻上尉，两只眼睛除了向施术者寻觅解药，已无可希望恢复原来的状态。女人却安慰到她的朋友，只告他这里医生已感到束手，上海还应当有较好医生，可以希望有方法能够复原。两人于是过上海去了。

整整地诊治了半年，结果就只是花了很多的钱还是得不到小小结果。两夫妇把上海眼科医生全问过了，皆不能在手术上有何效果。至于谋害者一方面的线索，时间一久自然更模糊了。两人听到大连有一个医生极好，又跑到大连住了两个月，还是毫无办法。

那双眼睛看来已绝对不能重见天日，两人决计回家了。他们从大连回到上海，转到武汉。又见到了那个老友，那个上校。那时节，上校已升任了少将一年零三个月。

三

上面那个故事，少将把它说完时，便接着问我："你想想，这是

上校见到了这条新闻，欢喜得踊跃不已，赶忙告给失明的年轻朋友。可是不知为什么，女人正坐在一旁调理到冷罨纱布，忽然把瓷盘掉到地下，脸色全变了。

不是一个离奇的事情？尤其是那女人……”

我说：“为什么眼睛会为一点药粉弄坏？为什么药粉会揉到这多力如虎的青年人眼睛中去？为什么近世医学对那点药物的来源同性质，也不能发现它的秘密？”

“这谁明白？但照我最近听到一个广西军官说的话看来，瑶人用草木制成的毒药，它的力量是可惊的，一点点可以死人，一点点也可以失明。这朋友所受的毒，我疑心就是那方面得来的东西。因为汉口方面，直到这时还可以买到那古怪的野蛮的宝物。至于为什么被人暗算，你试想想，你不妨从较近的几个人去……”

我实在就想不出什么人来。因为这上尉我并不熟悉，也不大明白他的生活。

少将在我耳边轻轻地说：“你为什么不疑心那个女人，因为爱她的男子，因为自己的渐渐老去，恐怕又复被弃，做出这件事情？”

我望到那少将许久说话不出，我这朋友的猜想，使我说话滞住了。“怎么，你以为会……”

少将大声地说：“为什么不会？最初那一次，我在医院中念报纸上新闻时，我清清楚楚，看到她把手上的东西掉到地下去，神气惊惶失措。三天前在太平洋饭店见到了他们，我又无意中把我在汉口听人说‘可以从某处买瑶人毒药’的话告给两夫妇时，女人脸即刻变了色，虽勉强支持到，不至于即刻晕去，我却看得出‘毒药’这两个字同她如何有关系了。一个有了爱的人，什么都做得出，至于这个女人，她做这件事，是更合理而近情的！”

我不能对我朋友的话加上什么抗议，因为一个军人照例不会说谎，而这个军人却更不至于说谎的。我虽然始终不大相信这件事情，就因为我只见到这个妇人一面。可是为什么这妇人给我的印象，总是那么新鲜，那么有力，一年来还不消灭？也许我所见到的妇人，都只像一只蚱蜢，一粒甲虫，生来小小的，伶便的，无思无虑的。大多数把气派较大，生活较宽，性格较强，都看成一种罪恶。到了春天或秋天，都能按照时季换上它们颜色不同的衣服，都会快乐而自足地在阳光下过它们的日子，都知道选择有利于己有媚于己的雄性交尾；但这些女子，不是极平庸，就是极下贱，没有什么灵魂，也没有什么个性。我看到的蚱蜢同甲虫，数量可太多了一点，应当向什么方向走去，才可以遇到一种稍稍特别点的东西，使回忆可以润泽光辉到这生命所必经的过去呢？

那个妇人如一个光华炫目的流星，本体已向不可知的一个方向流去毁灭多日了，在我眼前只那一瞥，保留到我的印象上，就似乎比许多女人活到世界上还更真实一点。

1932年春暮作

龙朱

第一　说这个人

郎家苗人中出美男子，仿佛是那地方的父母全曾参与过雕塑天王菩萨的工作，因此把美的模型留给儿子了。族长儿子龙朱年十七岁，是美男子中之美男子。这个人，美丽强壮像狮子，温和谦驯如小羊。是人中模型、是权威、是力、是光。种种比喻全只为了他的美。其他德行则与美一样，得天比平常人特别多。

提到龙朱相貌时，就使人生一种卑视自己的心情。平时在各样事业得失上全引不出妒忌的神巫，因为有次望到龙朱的鼻子，也立时变成小气，甚至于想用钢刀去刺破龙朱的鼻子。这样与天作难的倔强野心却生之于神巫。到后又却因为那个美，仍然把这神巫克服了。

郎家，以及乌婆、彝族、花帕、长脚各族[①]，人人都说龙朱相貌长

①乌婆、花帕、长脚，以及后面提到的白脸族、白耳族等，均为作者虚设。

得好，如日头光明，如花新鲜，正因为这样说话的人太多，无量的阿谀，反而烦恼了龙朱。好的风仪用处不是得阿谀（龙朱的地位，已就应当得到各样人的尊敬歆羡了）。既不能在女人中煽动勇敢的悲欢，好的风仪全成为无意思之事。龙朱走到水边去，照过了自己，相信自己的好处，又时时用铜镜检查自己，觉得并不为人过誉。然而结果如何呢？似乎龙朱不像是应当在每个女子理想中的丈夫那么平常，因此反而与妇女们离远了。

女人不敢把龙朱当成目标，做那荒唐艳丽的梦，不是女人的过错。在任何民族中，女子们，不能把神做对象，来热烈恋爱，来流泪流血，不是自然的事吗？任何种族的妇人，原永远是一种胆小知分的生物，要情人，也知道要什么样情人才合乎身份。纵其中并不乏勇敢不知事故的女子，也自然能从她的不合理希望上得到一种好教训。相貌堂堂是女子倾心的缘由，但一个过分美观的身材，却只做成了与女子相远的方便。谁不承认狮子是孤独兽物？狮子永远孤独，就只为了狮子全身的纹彩与众不同。

龙朱因为美，有那与美同来的骄傲不？凡是到过青石冈的苗人，全都能赌咒做证，否认这个事。人人总说总爷的儿子，从不用地位虐待过人畜，也从不闻对长年老辈妇人女子失过敬礼。在称赞龙朱的人口中，总还不忘同时提到龙朱的相貌。全寨中，年轻汉子们，有与老年人争吵事情时，老人词穷，就必定说，我老了，你年轻人，干吗不学龙朱谦恭对待长辈？这青年汉子，若还有羞耻心存在，必立时遁去，不说话，或立即认错，作揖赔礼。一个妇人与人谈到自己儿子，总常说，儿子若能像龙朱，那就卖自己与江西布客，让儿子得钱花用，也愿意。所有未出嫁的女人，都想自己将来有个丈夫能与龙朱一样。所有同丈夫吵嘴的妇人，说到丈夫时，总说你不是龙朱，真不配管我磨我，你若是龙朱，我做牛做马也甘心情愿。

还有，一个女人同她的情人，在山峒里约会，男子不失约，女人第一句赞美的话总是“你真像龙朱”。其实这女人并不曾同龙朱有过交情，也未尝听到谁个女人向龙朱约会过。

一个长得太标致了的人，是这样常常容易为别人把名字放到口上咀嚼的。

龙朱在本地方远远近近，得到如此尊敬爱重。然而他是寂寞的。这人是兽中之狮，永远当独行无伴！

在龙朱面前，人人觉得极卑小，把男女之爱全抹杀，因此这族长的儿子，却仿佛永远无从爱女人了。女人中，属于乌婆族，以出产多情才貌女子著名地方的女人，也从无一个敢来到龙朱的面前，闭上一只眼，荡着她上身，向龙朱挑情。也从无一个女人，敢把她绣成的荷包，掷到龙朱身边来。也从无一个女人，敢把自己姓名与龙朱姓名编成一首歌，来在跳年时节唱。然而所有龙朱的亲随，所有龙朱的奴仆，又正因为强壮美好，正因为与龙朱接近，如何在一种沉醉狂欢中享受这个种族中年轻女人小嘴长臂的温柔！

“寂寞的王子，向神请求帮忙吧。”

使龙朱生长得如此壮美，是神的权力，也就是神所能帮助龙朱的唯一事。至于要女人倾心，是人的事啊！

要自己，或他人，设法使女人来在面前唱歌，疯狂中裸身于草席上面献上贞洁的身，只要是可能，龙朱不拘牺牲自己所有任何物，都愿意。然而不行。任怎样设法，也不行。齐梁桥的洞口终于有合拢的一日，不拘有人能说在高大山洞合拢以前，龙朱能够得到女人的爱，是不可信的事。

民族中积习，折磨了天才与英雄，不是在事业上粉骨碎身，便是在爱情中退位落伍。这不仅仅是白耳族王子的寂寞，他一种族中人，也总不缺少同样的故事！不是怕受天责罚，也不是另有所畏，也不是预言者曾有明示，也不是族中法律限制，自自然然，所有女人都将她的爱情，给了一个男子，轮到龙朱却无份了。

在寂寞中龙朱是用骑马猎狐以及其他消遣把日子混下去了。

日子如此过了四年，他二十一岁。

四年后的龙朱，没有与以前日子龙朱两样处。另一方面也许可以指出一点不同来，那就是说如今的龙朱，更像一个好情人了。年龄在这个神工打就的身体上，增加上了些更表示“力”更像男子的东西，应长毛的地方生长了茂盛的毛，应长肉的地方添上了结实的肉，一颗心，则同样因为年龄所补充的，更其能顽固地预备承受爱、给予爱了。

他越觉得寂寞。

虽说齐梁洞并未有合拢，二十一岁的人年纪算轻，来日正长，前途大好，然而什么时候是那补偿填还时候呢？有人能做证，说天所给别的男子的那一份幸福与苦恼，过不久也将同样分派给龙朱吗？有人敢包，说到另一时，会有个初生之犊一般的女人，不怕一切来爱龙朱吗？

郎家族男女结合，在唱歌。大年时，端午时，八月中秋时，以及跳年刺牛大祭时，男女成群唱，成群舞。女人们，各自穿了峒锦衣裙，各戴花擦粉，供男子享受。平常时，大好天气下，或早或晚，在山中深阿，在水滨，唱着歌，把男女吸到一块来，即在太阳或月亮下，成了熟人，做着只有顶熟的人可做的事。在此习惯下，一个男子不能唱歌他是种羞辱，一个女子不能唱歌她不会得到好丈夫。抓出自己的心，放在爱人的面前，方法不是钱，不是貌，不是门阀也不是假装的一切，只有真实热情的歌。所唱的，不拘是健壮乐观，是忧郁，是怒，是恼，是眼泪，总之还是歌。一个多情的鸟绝不是哑鸟。一个人在爱情上无力勇敢自白，那在一切事业上也全是无希望可言，这样人绝不是好人！

那么龙朱必定是缺少这一项，所以不行了？

事实又并不如此。龙朱的歌全为人引作模范的歌。用歌发誓的青年男子女人，全采用龙朱誓歌那一个韵。一个情人被对方的歌窘倒时，总说胜利人拜过龙朱做歌师傅。凡是龙朱的声音，别人都知道。凡是龙朱唱的歌，无一个女人敢接声。各样的超凡入圣，把龙朱摒除于爱情之外，歌的太完全太好，也仿佛成为一种吃亏理由了。

有人拜龙朱做歌师傅的话，也是当真的。手下的用人，或其他青年汉子，在求爱时腹中歌词为女人逼尽，或为一种浓烈情感扼着了他的喉咙，歌唱不出心中的恩怨，来请教龙朱，龙朱总不辞。经过龙朱的指点，结果是多数把女子引回家，成了管家妇，或者领导到山洞中，互相把心愿了销。熟读龙朱的歌的男子，博得美貌善歌的女人倾心，也有过许多人。但是歌师傅永远是歌师傅，直接要龙朱教歌的，总全是男子，并无一个年轻女人。

龙朱是狮子，只有说这个人是狮子，可以使平常人对于他的寂寞得到一种解释！

当地年轻女人到什么地方去了呢？懂得唱歌要男人的，都给一些歌战胜，全引诱尽了。凡是女人都明白在情欲上的固持是一种痴处，所以女人宁愿减价卖出，无一个敢屯货在家。如今只能让日子过去一个办法，因了日子的推迁，希望那新生的犊中也有那不怕狮子的犊在。

龙朱就常常这样自慰着度着每个新的日子，人事凑巧处正多着，在齐梁桥洞口合拢以前，也许龙朱仍然可以得着一种好运。

第二　说一件事

中秋大节的月下整夜歌舞，已成了过去的事了。大节的来临，反而更寂寞，也成了过去的事了。如今已到了九月。打完谷子了。拾完桐子了。红薯早挖完下窖了。冬鸡已上孵，快要生出小鸡了。连日晴明出太阳，天气冷暖宜人。年轻女子全都负了柴耙同篾笼上坡扒草。各处山坡上都有歌声，各处山洞里，都有情人在用干草铺就并撒有野花的临时床铺上并排坐或并头睡。这九月是比春天还好的九月。

龙朱在这样时候更多无聊。出去玩，打鸠本来非常相宜，然而一出门，就听到各处歌声，到许多地方又免不了要碰着那成双作对的人，于是大门也不敢出了。

无所事事的龙朱，每天只在家中磨刀，这预备在冬天来剥豹皮的刀，是宝物，是龙朱的朋友。无聊无赖的龙朱，正用着那“一日数摩挲剧于十五女”的心情来爱这口宝刀的。刀用清油在一方小石上磨了多日，光亮到暗中照得见人，锋利到把头发放近刀口，吹一口气发就成两截。然而他还是每天把这把刀来磨砺。

某天，一个比平常日子似乎更像是有意帮助青年男女“野餐”的一天，黄黄的日头照满全村，龙朱仍然在阳光下磨刀。

在这人脸上有种孤高鄙夷的表情，嘴角的笑纹也变成了一条对生存感到烦厌的线。他时时凝神听察堡外远处女人的尖细歌声，又时时顾望天空。黄日头临照到他一身，使他身上有春天般的温暖。天是蓝天，在蓝天做底的景致中，常常有雁鹅排成“人”字或“一”字写在那虚空。龙朱望到这些也不笑。

什么事把龙朱变成这样阴郁的人呢？郎家、乌婆族、彝族、花帕、长脚……每一族的年轻女人都应负责，每一对年轻情人都应致歉。妇女们，在爱情选择中遗弃了这样完全人物，是菩萨神鬼不许可的一件事，是爱神的耻辱，是民族灭亡的先兆。女人们对于恋爱不能发狂，不能超越一切利害去追求，不能选她顶欢喜的一个人，不论是什么种族，这种族都近于无用。

龙朱正磨刀，一个五短身材的奴隶走到他身边来，伏在龙朱的脚边，用手攀他主人的脚。

龙朱瞥了一眼，仍然不作声，低头磨刀。

这个奴隶抚着龙朱的脚也不作声。

远处正有一片歌声飞来。过了一阵，龙朱发声了，声音像唱歌，在糅合了庄严和爱的调子中夹着一点儿愤懑，说："矮子，你又不听我话，做这个样子！"

"主，我是你的奴仆。"

"难道你不想做朋友吗？"

"我的主，我的神，在你面前我永远卑小。谁人敢在你面前平排？谁人敢说他的尊严在美丽的龙朱面前还有存在必需！谁人不愿意永远为龙朱做奴做婢？谁……"

龙朱用顿足制止了矮奴的奉承，然而矮奴仍然把最后一句"谁个女子敢想象爱上龙朱？"恭维得不得体的话说毕，才站起来。

矮奴站起了，也仍然如平常人跪下一般高。矮人似乎真适宜于做奴隶的。

龙朱说："什么事使你这样可怜？"

"在主面前看出我的可怜，这一天我真值得生存了。"

“你人太聪明了。”

“经过主的称赞呆子也成了天才。”

“我说的是毫不必需的聪明。是令人讨厌的废话。我问你，到底有什么事？”

“是主人的事，因为主在此事上又可见出神的恩惠。”

“你这个只会唱歌不会说话的人，真要我打你了。”

矮奴到这时才把话说到身上。这时他哭着脸，表明自己的苦恼和失望，且学着龙朱生气时顿足的神气。这行为，若在别人猜来，也许以为矮子服了毒，或者肚脐被山蜂所螫，所以做成这样子，表明自己痛苦，至于龙朱，则早已明白，猜得出矮子的郁郁不乐，不出赌博输钱或失欢女人两件事。

龙朱不作声，高贵地笑，于是矮子说：

“我的主，我的神，我的事是瞒不了你的。在你面前的仆人，又被一个女子欺侮了！”

“得了，谁能欺侮你？你是一只会唱谄媚曲子的鸟，被欺侮是不会有的事！”

“但是，主，爱情把仆人变成一只蠢鸟了。”

“只有人在爱情中变聪明的事。”

“是的，聪明了，仿佛比其他时节聪明了一点点，但在一个比自己更聪明的人面前，我看出我自己蠢得像一只猪。”

“你这土鹦哥平日的本事往什么地方去了？”

“平时哪里有什么本事呢！这只土鹦哥，嘴巴大，身体大，唱的歌全是学来的歌，不中用。”

“把你所学的全唱唱，也就很可以打胜仗。”

“唱虽唱过了，还是失败。”

龙朱皱了一皱眉毛，心想这事怪。

然而一低头，望到矮奴这样矮，便了然于矮奴的失败是在身体，不是在歌喉了，龙朱微笑说：

“矮东西，莫非是为你相貌把事情弄坏了？”

“但是她并不曾看清楚我是谁。若果她知道我是在美丽无比的龙朱王子面前的矮奴，那她早被我引到黄虎洞做新娘子了。”

“我不信。一定是你土气太重。”

“主，我赌咒。这个女人不是从声音上量得出我身体长短的人。但她在我的歌声上，却一定把我心的长短量出了。”

龙朱还是摇头，因为自己即或见到矮人站在面前，至于度量这矮奴心的长短，还不能够的。

“主，请你信我的话。这是一个美人，许多人唱枯了喉咙，还为她所唱败！”

“既然是好女人，你也就应当把喉咙唱枯，为她吐血，才是爱。”

“我喉咙枯了，才到主面前来求救。”

“不行不行，我刚才还听过你恭维了我一阵，一个真真为爱情绊倒了脚的人，他绝不会过一阵又能爬起来说别的话！”

“主啊，”矮奴摇着他那颗大头颅，悲声地说道，“一个死人在主面前，也总有话赞扬主的完全美好，何况奴仆呢？奴仆是已为爱情绊倒了脚，但一同主人接近，仿佛又勇气勃勃了。主给人的勇气比何首乌补药还强十倍。我仍然唱去了。让人家战败了，我也不说是主的奴仆，不然别人会笑主用着这样一个蠢人，丢了郎家的光荣！”

矮奴于是走了。但最后说的几句话，却激起了龙朱的愤怒，把矮子叫着，问，到底女人是怎样的女人。

矮奴把女人的脸、身，以及歌声，形容了一次。矮奴的言语，正如他自己所称，是用一支秃笔与残余颜色涂在一块破布上的。在女人的歌声上，他就把所有青石冈地方有名的出产比喻净尽。说到像甜酒，说到像枇杷，说到像三羊溪的鳜鱼，说到像大兴场的狗肉，仿佛全是可吃的东西。矮奴用口作画的本领并不蹩脚。

在龙朱眼中，看得出矮奴有点儿饥饿，在龙朱心中，则所引起的，似乎也同甜酒狗肉引起的欲望相近。他有点儿好奇，不相信，就同到一起去看看。

正想设法使龙朱快乐的矮奴，见说主人要出去，当然欢喜极了，就着忙催主人出寨门往山中去。

不一会儿，这郎家的王子就到山中了。

藏在一堆干草后面的龙朱，要矮奴大声唱出去，照他所教的唱。先不闻回声。矮奴又高声唱。过一会儿，在对山，在毛竹林里，却答出歌来了。音调是花帕族中女子悦耳的音调。

龙朱把每一个声音都放到心上去，歌只唱三句，就止了。有一句留着待答歌人解释。龙朱就告给矮奴答复这一句歌。又教矮奴也唱三句出去，等那边解释。龙朱的歌意思是：凡是好酒就归那善于唱歌的人喝，凡是好肉也应归善于唱歌的人吃，只是你姣好美丽的女人应当归谁？

女人就答一句，意思是：好的女人只有好男子才配。她且即刻又唱出三句歌来，就说出什么样男子方是好男子。说好男子时，提到龙朱的大名，又提到别的两个人的名，那另外两个名字却是历史上的美男子名字，只有龙朱是活人。女人的意思是：你不是龙朱，又不是××××，你与我对歌的人究竟算什么人？你糊涂，你不用妄想。

“主，她提到你的姓名！她骂我！我就唱出你是我的主人，说她只配同主人的奴隶相交。”

龙朱说：“不行，不要唱了。”

“她胡说，应当要让她知道她是只够得上为主人擦脚的女子。”

然而矮奴见龙朱不作声，也不敢回唱出去了。龙朱的心深沉到刚才几句歌中去了。他料不到有女人敢这样大胆。虽然许多女子骂男人时，都总说“你不是龙朱”，这事却又当别论了。因为这时谈到的正是谁才配爱她的问题。女人能提出龙朱名字来，女人骄傲也就可知了。龙朱想既然这样，就让她先知道矮奴是自己的用人，再看情形如何。

于是矮奴依照龙朱所教的，又唱了四句。歌的意思是：吃酒糟的人何必说自己量大，没有根柢的人也休想同王子要好，若认为掺了水

的酒总比酒糟还行，那与龙朱的用人恋爱也就很写意了。

谁知女子答得更妙，她用歌表明她的身份，说，只有乌婆族的女人才同龙朱用人相好，花帕族女人只有外族的王子可以论交，至于花帕苗中的自己，为预备在郎家苗中与男子唱歌三年，再预备来同龙朱对歌的。

矮子说："我的主，她尊视了你却小看了你的仆人，我要解释我这无用用人并不是你的仆人，免得她知道了耻笑！"

龙朱对矮奴微笑，说："为什么你不应当说'你对山的女子，胆量大就从今天起始来同我龙朱主人对歌'呢？你不是先才说到要她知道我在此，好羞辱羞辱她吗？"

矮奴听龙朱说的话，还不很相信得过，以为这只是主人说的笑话。他想不到主人因此就会爱上这个狂妄大胆的女人。他以为女人不知对山有龙朱在，唐突了主人，主人纵不生气，自己也应当生气。告女人龙朱在此，则女人虽觉得羞辱了，可是自己的事情也完了。

龙朱见矮奴迟疑，不敢接声，就打一声吆喝，让对山人明白，表示还有接歌的气概，尽女人起头。龙朱的行为使矮奴发急，矮奴说：

藏在一堆干草后面的龙朱，要矮奴大声唱出去，照他所教的唱。先不闻回声。矮奴又高声唱。过一会儿，在对山，在毛竹林里，却答出歌来了。音调是花帕族中女子悦耳的音调。

“主，你在这儿我已没有歌了。”

“你照我意思唱下去，问她胆子既然这样大，就拢来，看看这个如虹如日的龙朱。”

“我当真要她来？”

“当真！要来我看看是什么样女人，敢轻视我们说不配同花帕族女子相好！”

矮奴又望了望龙朱，见主人情形并不是在取笑他的用人，就全答应下来了。他们歌唱出口后，于是等待着女子的歌声，稍过一会儿，女子果然又唱起来了。所唱的意思是：对山的竹雀你不必叫了，对山的蠢人你也不必唱了，还是想法子到你龙朱王子的奴仆跟前学三年歌，再来开口。

矮奴说：“主，这话怎么回答？她要我跟龙朱的用人学三年歌，再开口，她还是不相信我是你最亲信的奴仆，还是在骂我郎家苗的全体！”

龙朱告矮奴一首非常有力的歌，唱过去，那边好久好久不回。矮奴又提高喉咙唱。回声来了大骂矮子，说矮奴偷龙朱的歌，不知羞，至于龙朱这个人，却是值得在走过的路上撒满鲜花的。矮奴烂了脸，不知所答。年轻的龙朱，再也不能忍下去了，小心小心，压着了喉咙，平平地唱了四句。声音的低平仅仅使对山一处可以明白，龙朱是正怕自己的歌使其他男女听到，因此哑喉半天的。龙朱的歌中意思就是说：唱歌的高贵女人，你常常提到郎家苗一个平凡的名字使我惭愧，因为我在我族中是最无用的人，所以我族中男子在任何地方都有情人，独名字在你口中出入的龙朱却仍然是个独身。

不久，那一边像思索了一阵，也幽幽地唱和起来了，唱的是：你自称为郎家苗王子的人我知道你不是，因为这王子有银锣银钟的声音，本来呢，拿所有花帕苗年轻女子供龙朱做垫还不配，但爱情是超过一切的事情，所以你也不要笑我。所歌的意思，极其委婉谦和，音节又极其整齐，是龙朱从不闻过的好歌。因为对山女人总不相信与她对歌的是龙朱，所以龙朱不由得不放声唱了。

这歌是用顶精粹的言语，自顶纯洁的一颗心中摇着，从一个顶甜蜜的口中喊出，成为顶热情的音调。这样一来所有一切声音仿佛全哑了。一切鸟声与一切远处歌声，全成了这王子歌时和拍的一种碎声。对山的女人，从此沉默了。

龙朱的歌一出口，矮奴就断定了对山再不会有回答。这时节等了一阵，还无回声，矮奴说："主，一个在奴仆当来是劲敌的女人，不等主的第二个歌已压倒了。这女人不久还说大话，要与郎家王子对歌，她学三十年还不配！"

矮奴不问龙朱意见，许可不许可，就又用他不高明的中音唱道：

你花帕族中说大话的女子，
大话以后不用再说了，
若你欢喜做郎家王子仆人的新妇，
他愿意你过来见他的主同你的夫。

仍然不闻有回声。矮奴说，这个女人莫非害羞上吊了吧。矮奴说的原只是笑话，然而龙朱却说过对山看看去。龙朱说后就走，沿山谷流水沟下去。跟到龙朱身后追着，两手拿了一大把野黄菊同山红果的，是想做新郎的矮奴。

矮奴常说，在龙朱王子面前，跛脚的人也能跃过阔涧。这话是真的。如今的矮奴，若不是跟了主人，这身长不过四尺的人，就绝不会像腾云驾雾一般地飞！

第三 唱歌过后一天

“狮子，我说过你，永远是孤独的！”郎家为一个无名勇士立碑，曾有过这样句子。

龙朱昨天并没有寻着那唱歌人。到女人所在处的毛竹林中时，不见人。人走去不久，只遗了无数野花。跟踪各处追，还是见不着。各处找遍了，山中不少好女子，各躺在草地唱歌歇憩，见龙朱来时，识与不识都立起来怯怯的，如为龙朱的美所征服。见到的女子，问矮奴是不是那一个人，矮奴总摇头。

龙朱又重回到女人唱歌地方，别无所有，只见一片落英洒在垫坐的干草上，望到这个野花的龙朱，如同嗅过血腥气的小豹，虽按捺自己咆哮，仍不免要憎恼矮奴走得太慢。其实那走在前面的是龙朱，矮奴则两只脚像贴了神行符，全不自主，只仿佛像飞。矮奴无过错。不过女人比鸟儿，这称呼得实在太久了，不怕主仆二人走得怎样飞快，鸟儿毕竟还是先已飞往远处去了！

天气渐渐夜下来，各处有鸡叫，各处有炊烟，龙朱废然归了家。那想做新郎的矮奴，跟在主人的后面，把所有的花全丢了，两只长手垂到膝下，还只说见了她非抱她不可，万料不到自己是拿这女人在主人面前开了多少该死的玩笑！天气当时原是夜下来了。矮奴又是跟在龙朱王子的后面，望不到主人脸上的颜色。一个聪明的仆人，即或怎样聪明，总也不会闭了眼睛知道主人心情的。

龙朱过了一个特别的烦恼日子，半夜睡不着，起来怀了宝刀，披上一件豹皮小褂，走到堡墙上去瞭望。无所闻，无所见，入目的只是远山上的野烧明灭。各处村庄全睡尽了，大地也睡了。寒月凉露，助人悲思，于是这个少年王子，仰天叹息，悲怀抑郁。且远处山下，听有孩子哭声，如半夜醒来吃奶时情形，龙朱更难自遣。

龙朱想，这时节，各地各处，那洁白如羔羊温和如鸽子的女人，岂不是全都正在新棉絮中做好梦？当地的青年，在日里唱歌倦了的心，做工疲倦了的身体，岂不是在这时节也全得到休息了吗？只有那扰乱了自己心胃的女人，究竟在什么地方呢？她不应当如同其他女人，在新棉絮中做梦。她不应当有睡眠。她这时应当来思索她所歆慕的王子的歌声。她应当野心扩张，希望我凭空而下。她应当为思我而流泪，如悲悼她情人的死去……但是，这女子究竟是什么人的女儿？

烦恼中的龙朱，拔出刀来，向天作誓说："你大神，你老祖宗，神明在左在右，我龙朱不能得到这女人做妻，我永远不与女人同眠，承宗接祖事我不负责！若爱情必需用血来掉换时，我愿意在神面前立约，我如得到她，斫下一只手也不翻悔！"

立过誓后的龙朱，回转自己的屋中，和衣睡了。睡后不久，就梦到女人缓缓唱歌而来，身穿白衣白裙，钉满了小小银泡，头发纷披在身后，模样如救苦救难观世音。女人的神奇，使白耳族王子屈膝，倾身膜拜。但是女人却不理会，越去越远了。白耳族王子就赶过去，拉着女人的衣裙。女人回过头笑了。女人一笑龙朱就勇敢了，这王子猛如豹子擒羊，把女人连衣抱起飞向一个最近的山洞中去。龙朱做了男子。龙朱把最武勇的力，最纯洁的血，最神圣的爱，全献给这梦中女子了。

郎家的大神是能护佑青年情人的，龙朱所要的，业已由神帮助得到了。

日里的龙朱，已明白昨夜一个好梦所交换的是些什么了，精神反而更充实了一点儿，坐到那大石礅上晒太阳，在太阳下深思人世苦乐的分界。

矮奴愁眉双结走进院中来，来到龙朱脚边伏下，龙朱轻轻用脚一踢，就乘势一个筋斗，翻身而起。

"我的主，我的神，若不是因为你有时高兴，用你尊贵的脚踢我，奴仆的筋斗绝不至于如此纯熟！"

“讨厌的东西，你该打十个嘴巴。”

“那大约因为口牙太钝，本来是在主跟前的人，无论如何也应当比奴仆聪明十倍！”

“唉，矮陀螺，你又在做戏了。我警告了你不知道有多少回，不许这样，难道全都忘记了吗？你大约似乎把我当作情人，来练习一种精粹谄媚技能吧？”

“主，惶恐！奴仆是当真有一种野心，在主面前来练习一种技能，以便将来把主的神奇编成历史的。”

“你近来一定赌博又输了，缺少钱扳本，一个天才在穷时越显得是天才，所以这时节的你到我面前时寡话就特别多。”

“主啊，是的。我赌输了，损失不少。但输的不是金钱，是爱情！”

“我以为你肚子这样大，爱情纵输也输不尽的！”

“用肚子大小比爱情贫富，主的想象真是历史上大诗人的想象。不过……”

矮奴从龙朱脸上看出龙朱今天情形不同往日，所以不说了。这据说爱情上赌输了的矮奴，看得出主人有要出去走走的样子，就改口说：

“主，这样好的天气，真是日头神特意为主出游而预备的天气，不出去像不大对得起这大神一番好意！”

龙朱说，“日神为我预备的天气我倒好意思接受，你为我预备的恭维我可受不了。”

“本来主并不是人中的皇帝，要倚靠恭维阿谀而生存。主是天上的虹，同日头与雨一块儿长在世界上的，赞美形容自然多余。”

“那你为什么还是这样唠唠叨叨？”

“在美好月光下野兔也会跳舞，在主的光明照耀下我当然比野兔聪明一点儿。”

“够了！随我到昨天唱歌女人那地方去，或者今天可以见见那个女人。”

“主呵，我就是来报告这件事。我已经探听明白了。女人是黄牛寨寨主的姑娘。据说这寨主除会酿制好酒以外就是会养女儿。寨中据说姑娘有三个，这是第三的，还有大姑娘二姑娘不常出来。不常出来的据说生长得更美。这全是有福气的人享受的！我的主，我当听到女人是这家人的姑娘时，我才知道我是一只癞蛤蟆。这样人家的姑娘，为郎家王子擦背擦脚，勉勉强强。主若是想要，我们就差人抢来。”

龙朱稍稍生了气，说：“给我滚了吧，矮子，白耳族的王子是抢别人家的女儿的吗？说这个话不知羞吗？”

矮奴当真就把身卷成一个球，滚到院中一角去。是这样，算是知羞了。然而听过矮奴的话以后的龙朱怎么样呢？三个女人就在离此不到三里路的堡寨里，自己却一无所知，白耳族的王子真是多么愚蠢！到第三的小鸟也能出窠迎太阳与生人唱歌，那大姐二姐早已成了熟透的桃子多日了。让好女人守在家中等候那命运中远方大风吹来的美男子做配，这是神的意思。但是神这意思又是多么自私！龙朱如今既把情形探明白了，也不要风，也不要雨，自己马上就应当走去！

龙朱不再理会矮奴就跑出去了。矮奴这时节正在用手代足走路，做戏法娱龙朱，见龙朱一走，知道主人脾气，也忙站起身追出去。

“我的主，慢一点儿，别太忙！在笼中蓄养的雀儿是始终飞不远的。主，你白忙有什么用？”

龙朱虽听到后面矮奴的声音，却仍不理会，如一支箭向黄牛寨射去。

快要到大寨边，郎家的王子是已全身略觉发热了。这王子，一面想起许多事，还是要矮奴才行，于是就去到一株大榆树下的青石礅上歇憩。这个地方再有两箭远近就是那黄牛寨用石砌成的寨门了。树边大路下是一口大井。溢出井外的水成一小溪活活流着，溪水清明如玻璃，井边有人低头洗菜，龙朱顾望这人的背影是一个青年女子，心就一动。一个圆圆肩膀，一个大大的发髻，髻上簪了一朵小黄花。龙朱就目不转睛地注意这背影转移，以为总可以有机会见到她的脸。在那边大路上，矮奴却像一只海豹匍匐气喘走来了。矮奴不知道路下井边有人，只望到龙朱，恐怕龙朱冒冒失失走进寨里去却一无所得，就大声嚷：

“我的主，我的神，你不能冒失进去，里面的狗像豹子！虽说你是山中的狮子，无怕狗道理，但是为什么让笑话留给这花帕族，说狮子会被家养的狗吠过呢？”

龙朱也来不及喝止矮奴，矮奴的话却全为洗菜女人听到了。听到这话的女人，就哧地笑了。且知道有人在背后，才抬起头回转身来，

望了望路边人是什么样子。

这一望情形全了然了。不必道名通姓，也不必再看第二眼，女人就知道路上的男子便是白耳族的王子，是昨天唱过了歌今天追跟到此的王子。郎家王子也同样明白了这洗菜的女人是谁。平时气宇轩昂的龙朱，看日头不眩眼睛，看老虎也不动心，只略微把目光与女人清冷的目光相遇，却忽然觉得全身缩小到可笑的情形中了。女人的头发能系大象，女人的声音能制怒狮，这青年王子屈服到这寨主女儿面前，也是平平常常的一件事啊！

矮奴走到了龙朱身边，见到龙朱失神失志的情形，又望见了井边女人的背影，情形已明白了五分。他知道这个女人就是那昨天唱歌被主人收服的女人，且知道这时候无论如何女人也明白蹲在路旁石磴上的男子是龙朱。他有点儿慌张，不知所措，对龙朱做出一种呆样子，又用一手掩自己的口，一手指女人。

龙朱轻轻附到他耳边说："聪明的扁嘴，这时节，是你做戏的时节！"

矮奴于是咳了一声嗽。女人明知道了头却不回。矮奴于是又把音调弄得极其柔和，像唱歌一样地开口说道：

龙朱顾望这人的背影是一个青年女子，心就一动。一个圆圆肩膀，一个大大的发髻，髻上簪了一朵小黄花。

“郎家王子的仆人昨天做了错事，今天特意来当到他主人在姑娘面前赔礼。不可恕的过失永远不可恕，因此我如今把姑娘想对歌的人引导前来了。”

女人头不回，却轻轻说道：

“跟着凤凰飞的乌鸦也比锦鸡还好。”

矮奴说：

“这乌鸦若无凤凰在身边，就有人要拔它的毛……”

说出这样话的矮奴，毛虽不曾拔，耳朵却被龙朱拉长了。小子知道了自己猪八戒性质未脱，赶忙赔礼作揖。听到这话的女人，笑着回过头来，见到矮奴情形，更好笑了。

矮奴见女人掉回了头，就又说道：

“我的世界上唯一良善的主人，你做错事了。”

“为什么？”龙朱很奇怪矮奴有这种话，所以追问。

“你的富有与慷慨，是各族中全知道的，所以用不着在一个尊贵的女人面前赏我金银，那本来不必需，你的良善喧传远近，所以你故意这样教训你的奴仆，别人也相信你不是会发怒的人。但是你为什么不差遣你的奴仆，为那花帕族的尊贵姑娘把菜篮提回，表示你应当同她说说话呢？”

郎家的王子与黄牛寨主的女儿，听到这个话全笑了。

矮奴话还说不完，才责备了主人又来自责。他说：

“不过郎家王子的仆人，照理他应当不必主人使唤就把事情做好，这样他才配说是龙朱好仆人——”

于是，不听龙朱发言，也不待那女人把菜洗好，走到井边去，把菜篮拿来挂到屈着的手肘上，向龙朱眨了一下眼睛，却回头走了。

龙朱迟了许久才走到井边去。

十天后，龙朱用三十只牛三十坛酒下聘，做了黄牛寨寨主的女婿。

*1929*年作于上海[①]

①原载 1929 年 1月 10 日《红黑》第一期。